Tom Reimer

Schaffen wir eine Neue Kultur

Weil Menschsein mehr ist als Ökonomie

ESSAY

Menschliches Leben ist mehr als Ökonomie. Es ist von der Vielfalt der Möglichkeiten durchdrungen, die uns unser Gehirn, unsere körperliche Konstitution und die Natur, die uns umgibt und zu der wir gehören, kostenlos geben. Es ist ein Sein, in dem diese Möglichkeiten und die dem Menschen gegebenen Eigenschaften zur Entfaltung kommen. Ein Sein, das eine Kultur gestaltet. Ein Sein, das auf menschlichen Werten gründet.

Bestimmt die Ökonomie allein unser Handeln, verarmen wir körperlich und geistig. Wir schaffen eine einseitig geprägte Kultur, die unseren Fähigkeiten nicht gerecht wird. Das Leben verliert an Ästhetik und Schönheit. Die Orientierung auf den Profit verhindert Entdeckungen und Entwicklungen, deren Anreiz nicht der monetäre Erfolg ist. Das Sein entfernt sich vom Menschsein, weil gerade das, was das Menschsein ausmacht, überdeckt und verdrängt wird.

Mit diesem Text möchte ich nicht erklären, wie unsere politisch-wirtschaftliche Gesellschaft funktioniert, wie sie beeinflusst und gesteuert wird. Ich möchte auch nichts Verborgenes aufdecken oder entlarven noch mir anmaßen, Vorhersagen für die Zukunft zu treffen. Ich formuliere lediglich Gedanken, Ideen und Ansätze, die weitergedacht werden können, mit dem Ziel, unser Leben reicher zu machen. Reicher an menschenwürdiger Kultur. Denn Menschsein bedeutet so viel mehr als das Streben nach finanziellem Gewinn.

Prolog

Es gibt keine positiven Visionen für die Zukunft? Keine Narrative, die mögliche Wege aufzeigen und Orientierung schaffen können? Junge Menschen sehen die Zukunft schwarz und erwarten eher eine Verschlechterung ihrer Lebensqualität? Wir können lediglich versuchen, den Status quo zu erhalten? Wer denkt so? Wer sagt das?

Sind es Buchautoren, Journalisten, Nobelpreisträger, Psychologen und Philosophen, Persönlichkeiten aus Politik und Wirtschaft? Sind es die Menschen, die unsere gegenwärtige Gesellschaft aufgebaut, in ihr gelebt, von ihr profitiert haben und weiterhin profitieren? Was bringt sie zu dieser Einstellung? Warum fällt ihnen selbst nichts ein? Warum können sie keine eigene, neue Vision entwickeln?

Fällt ihnen nichts ein, weil sie ihre Ziele, ihre alte Vision, ihre Erwartung einer besseren Zukunft, die sie einst selbst hatten, bereits verwirklicht sehen? Die Vision einer Gesellschaft, die nach materiellem Wohlstand strebt und zum großen Teil in materiellem Wohlstand lebt. Einer Gesellschaft, in der dieser Wohlstand erreicht wird, weil der Markt für sämtliche Bedürfnisse des Menschen verantwortlich ist. In der die Ökonomie alle Lebensbereiche dominiert. Die Vision der globalen Ausbreitung und Etablierung dieses Prinzips und damit der Verbesserung der materiellen Lebensqualität von Milliarden Menschen weltweit.

Dafür haben diese Menschen gelebt. Das haben sie erreicht. Nun stehen sie da und wissen nicht weiter. Sie können sich keine andere oder bessere Zukunft vorstellen. Keine anderen Prinzipien der Weiterentwicklung, die zur Steigerung der Lebensqualität führen. Die Ursache dafür liegt möglicherweise in den Werten, die sie ihrem Leben zugrunde gelegt haben.

Es sind wirtschaftliche Werte wie Gewinnmaximierung, Konkurrenz oder die Freiheit des Kapitals, die heute als Voraussetzung für die Steigerung des materiellen Wohlstands gelten und etabliert sind. Doch was in der Vergangenheit durchaus nützlich und positiv war, führt heute zum Zerfall unserer Gesellschaft.

Dieser Zerfall ist nicht allein durch Entsolidarisierung und soziale Isolation gekennzeichnet, sondern auch durch eine Resignation, ausgelöst durch die Stagnation der Funktionsprinzipien unserer Gesellschaftsordnung. Die Prinzipien, die unserer Ordnung zugrunde liegen, funktionieren zwar zum Teil gut, vielleicht auch zu einem großen Teil, aber sie sind alt. Wir ruhen uns auf ihnen aus, weil es bequem ist und weil es schwer ist, von Bewährtem abzuweichen und neue Wege zu gehen.

So verwalten wir dieses alte Bewährte und laufen Gefahr, die Fähigkeit zur kreativen Weiterentwicklung, zur Bewegung und Veränderung zu verlieren. Bewegung ist jedoch eine Grundeigenschaft des Lebens. Es kann nicht stillstehen, ohne zu sterben. Wir vergessen, dem Neuen eine Chance zu geben.

Stattdessen produzieren wir nach immer gleichem Schema technische Neuerungen, die zu einem großen Teil allein davon getrieben sind, Profite zu machen. Diese Neuerungen können unser Leben erleichtern und auch verbessern. Das ist das Gute. Sie können jedoch auch unabsehbare Folgen haben, die zu einer Verschlechterung führen. Es ist unklar, welche Auswirkungen tausende von Satelliten in der Erdumlaufbahn auf das Klima haben könnten, warum Ressourcen verbraucht werden, um einzelnen Menschen den Flug ins All zu ermöglichen, ob Roboter, synthetische Biologie, Online-Bestellungen, die Kommunikation über soziale Netzwerke, Videoplattformen und virtuelle Metaversen unser Leben überhaupt und wenn ja auch nachhaltig verbessern.

Führen die technologischen Neuerungen zu einer Entwicklung hin zu einem menschlicheren Zusammenleben? Zu einem Zusammenleben, das unsere Gestaltungsmöglichkeiten ausschöpft? Oder sind sie nur Teil der Stagnation?

Wir erleben zwar die ständige und immer schneller werdende Neuentwicklung von Produkten, und es ist erstaunlich zu sehen, zu welchen Leistungen der menschliche Geist, getrieben durch den Willen zu finanziellem Erfolg, fähig ist. Und mit einiger Sicherheit ist es genau das, das profitgetriebene Produzieren, was die oben genannten Befürworter, die sich nichts Anderes vorstellen können, als gesellschaftlichen Fortschritt ansehen.

Doch wird nicht auch ihnen klar, dass die Endlosschleife aus technologischer Innovation, Produktion und monetärem Gewinn nicht mehr ausreicht, um einer Gesellschaft auf Dauer, über mehrere Generationen hinweg, einen Lebenssinn, eine Motivation, einen Halt zu geben?

Menschlicher Wohlstand bedeutet nicht allein, dass es uns materiell gut geht. Das Leben als vereinzelte Individuen, die ausschließlich auf das eigene Wohl bedacht sind, den Nachbarn als Konkurrenten sehen und versuchen, ihn zu übertrumpfen, ist ein armes Leben. Ein Leben, das primär aus Lohnarbeit besteht, für die der Konsum entschädigen soll, wird dem Menschen nicht gerecht. Menschlicher Wohlstand bedeutet, in einer Kultur zu leben, die die Vielseitigkeit unserer Fähigkeiten und Bedürfnisse berücksichtigt und diese befriedigt bzw. zur

Geltung kommen lässt.

Gegenwärtig besteht ein Konflikt zwischen den Anhängern der Werte der global expandierten ökonomischen Kultur und den sich herausbildenden und stärker werdenden sozioökologischen und humanitären Werten. Sind beide miteinander vereinbar? Wir stehen am Übergang.

Für diesen Übergang brauchen wir neue Ideen und Vorstellungskraft. Wir finden uns nicht mit der Aussage ab, dass es scheinbar keine positive Vision für die Zukunft gibt oder geben kann! Wir ziehen uns nicht zurück und warten darauf, dass es schlechter wird, weil es ja so gut ist, dass es nur noch schlechter werden kann. Dieses Denken ist unbegründet.

Ihnen, sehr geehrter menschlicher Leser, fallen ganz sicher nicht nur ein paar Lebensumstände ein, die Sie gern ändern oder verbessern würden, sondern wenn Sie etwas länger darüber nachdenken, fällt Ihnen eine ganze Liste ein. Aufgrund der Unterordnung unseres Lebens unter das monetäre Prinzip, die Herrschaft des Geldes, den Primat des Kapitals, sind gerade im zwischenmenschlichen Bereich, im Bereich der Kunst und Kultur und in der Natur unzählige Missstände entstanden.

Den Befürwortern und Profiteuren der gegenwärtigen Kultur – ich nenne sie ökonomische Kultur, wenngleich sie eher eine Unkultur ist, da sie dem Menschlichen im Menschen kaum genügt –, denen nichts Neues einfällt und die sehen, dass ihre Ideen verwirklicht sind, sich jedoch im gegenwärtig gegebenen Rahmen nicht weiterentwickeln können, jedenfalls nicht derart, dass das menschliche Leben sich verbessert, ist mit Sicherheit daran gelegen, neue Ideen zu entwickeln und zu unterstützen. Auch sie blicken mit Sorge auf die gesellschaftliche Stagnation und vielleicht auch auf die Folgen der globalen Ausbreitung ihrer Idee.

Es gibt also enormes Verbesserungspotential und die Motivation, trotzig zu sein und zu sagen: »Nein, wir machen eine Vision für eine bessere Zukunft! Trotz des noch vorherrschenden Main-streams!« Die Betonung liegt auf »machen«, denn damit sich etwas ändert, müssen wir etwas tun.

1 Anreiz

Der Mensch war und ist immer ein wirtschaftender Mensch. Er sorgt für seinen Nachwuchs, für Nahrung, Wasser, Behausung, für den Schutz vor dem Wetter, vor Naturgewalten, vor Feinden. Diese Dinge muss er erwirtschaften, das heißt, er muss sie, wenn er sie nicht hat, durch Arbeitsleistung schaffen oder durch Tausch oder Bezahlung erlangen. Sie sind für ihn lebensnotwendig. Hat er sie erwirtschaftet, ist sein Überleben gesichert. Er kann in der übrigen Zeit anderen Tätigkeiten nachgehen.

Als Student war ich frei. Meine Eltern zahlten mir einen geringen Betrag, der jedoch für Miete, Nahrung und einen PKW Trabant deluxe genügten. So konnte ich zu Vorlesungen gehen, durch die Stadt schlendern, Bücher lesen, Gedichte schreiben, Kabarett spielen und Beziehungen auf- und wieder abbauen. Materiell besaß ich kaum etwas und bis auf eine liebende und geliebte Partnerin fehlte mir nichts. Ich lebte wie ein Millionär ohne große materielle Ansprüche.

Dieses freie Leben war mit einiger Sicherheit von besonderer Bedeutung und hatte Einfluss auf meine persönliche Zukunft. Das Leben in relativer Freiheit ermöglicht es, in den Bereichen, die uns wirklich interessieren, Erfahrungen zu sammeln. Es ermöglicht sogar erst, dass wir herausfinden, was uns wirklich interessiert. Hat man diese Freiheit kennengelernt und verliert sie im Laufe des Lebens, strebt man danach, sie wieder zu erlangen. Jedenfalls war es bei mir so. Man kann sich selbstverständlich auch mit den Verhältnissen abfinden und seine Freiheit begrenzen bzw. begrenzen lassen.

Die Mehrzahl der heutigen Studenten hat nicht die Zeit und die Freiheit, sich auf die ganz eigenen Interessen zu konzentrieren. Karriereziele und das Streben nach hohem Verdienst bestimmen häufig die Wahl der Ausbildung. Aber gerade das Sichausprobieren, das Fehlermachen, das Beschäftigen mit verschiedenen Dingen erhöht die Wahrscheinlichkeit, dass wir einen Platz finden, an dem wir unseren Talenten entsprechend wirksam werden können, an dem wir zufrieden sind und etwas geben können.

Geben und die Außenwelt wahrnehmen können wir jedoch erst, wenn wir wissen, wer wir sind, wenn wir unsere Innenwelt kennen, wissen, was uns wichtig ist und was wir können. Gelingt uns das nicht, sind wir mitunter unser ganzes Leben mit uns selbst beschäftigt und kommen nicht weg vom Blick nach innen zum Blick nach außen.

Gerade als Student muss man sich die Zeit für seine Interessen nehmen! Unter allen Umständen! Ich wollte immer schreiben, Musik machen und malen. Das will ich heute noch. Mich interessierten aber auch die Naturwissenschaften, die Medizin, die Philosophie, die Germanistik und die Geschichte. Später kamen die Wirtschaft und die Politik hinzu. Wie sollte ich das mit dem Studium unter einen Hut bringen? Ich nahm mir die Freiheit und ging nicht nur zu Biologievorlesungen, dem Fach, für das ich an der Universität eingeschrieben war. Ich ging zu allen Vorlesungen, die mich ansprachen. Ob zu Platons Staatstheorien, zu Wilhelm Meisters Lehrjahren oder zu einer Vorlesung in Humangenetik, in der es vor allem um den medizinischen Umgang mit Geschlechtsdimorphismen ging, da dieses Thema das Spezialgebiet des lehrenden Professors war. Außerdem versuchte ich mich im Kabarett.

Meine Eltern machten das nicht sehr lange mit und strichen mir die Bezüge. Die Regelstudienzeit war überschritten. Also besorgte ich mir mehrere Jobs, um Zeit zu gewinnen und weiter studieren zu können. Die Jobs bestimmten zwar nicht mein Leben, da sie nicht den größten Teil meiner Zeit in Anspruch nahmen, und doch war ich drin im System und musste für die lebensnotwendigen Dinge selbst sorgen.

Was will ich mit diesem kurzen Exkurs in mein eigenes Leben sagen? Sind die lebensnotwendigen Dinge gesichert, können wir uns um uns kümmern, herausfinden wer wir sind, wie wir leben wollen, worum es in unserem Leben gehen könnte, um danach den Blick nach außen zu richten, uns in die Gesellschaft einzubringen.

Wir benötigen dafür Zeit, die wir uns, wenn sie uns nicht gegeben wird, unter allen Umständen erkämpfen müssen. Richten wir unsere Aufmerksamkeit allein auf monetäre Ziele, vernachlässigen unser Inneres, besteht die Gefahr, dass wir unsere Fähigkeiten nicht erkennen und sie somit nicht entwickeln und entfalten können.

Gehorchen wir allein dem Anreizsystem des Geldes, entfernen wir uns von uns selbst. Wir verlieren damit die Voraussetzung für das Erlangen von Selbstkenntnis, für das Wissen über unsere Talente und Fähigkeiten. Diese Selbstkenntnis ist jedoch essentiell, damit wir in der uns umgebenden Welt, unseren Interessen entsprechend, wirksam werden können.

Wir lernen aber diese Interessen gar nicht erst kennen, wenn wir von vornherein das von außen kommende und beständig propagierte Bestreben nach möglichst hohem Verdienst als Hauptinteresse annehmen und andere Interessen diesem Bestreben unterordnen. Das kann dazu führen, dass wir nicht weitersuchen und die Dinge nicht entdecken, die unsere

Möglichkeiten, unsere Optionen stark erweitern würden.

Durch die gesellschaftliche Verbreitung der Fokussierung auf das Ziel, möglichst viel zu verdienen, entstehen immer mehr Menschen, die nur einseitig geprägte Fähigkeiten herausbilden. Sie stabilisieren und stärken das Anreizsystem, machen die Gesellschaft aber zugleich fragiler, weil eine einseitig ausgerichtete Kultur kaum anpassungsfähig und wesentlich anfälliger für unerwartete, nicht vorhersehbare Ereignisse und Veränderungen ist als eine Kultur, die auf vielfältigen Werten und Fähigkeiten beruht.

Natürlich können wir Jobs annehmen, allein um Geld zu verdienen und dort etwas leisten, so wie ich als Student und zahllose Mitmenschen. Jedoch sind die Leistungskraft und die Zufriedenheit wesentlich höher, wenn die Arbeit uns entspricht. Aber nicht nur wir sind dann zufriedener.

Eine Einseitigkeit der Interessen lässt unsere Kultur verarmen. Vielseitigkeit bereichert sie. Wenn wir also Tätigkeiten nachgehen, die uns wirklich entsprechen, hat das positive Auswirkungen auf unsere gesamte Gesellschaft.

Kehren wir zum Anfangspunkt zurück. Hat der Mensch die für sein Überleben notwendigen Dinge erlangt, kann er in der übrigen Zeit anderen Tätigkeiten nachgehen. Er kann Beziehungen aufbauen und pflegen, er kann sich neue Fähigkeiten aneignen, die Natur beobachten und von ihr lernen, sein Umfeld gestalten, kreativ tätig werden und Neues erschaffen. Er kann die Zeit für Ruhe, für Muße oder für die Kunst verwenden. Er kann sich Gedanken machen. Er kann in dieser Zeit mithelfen, eine Gesellschaft, eine Kultur aufzubauen oder weiterzuentwickeln. Diese Dinge sind menschlich. Sie lassen den Menschen erst zum Menschen werden. Und es sind genau die Dinge, die neue Anreize sein können.

Sie denken jetzt vielleicht, das klingt gut, aber woher nehme ich die Zeit dafür? Mein Überleben ist nicht gesichert. Ich muss arbeiten, um meine Miete zahlen, meine Nahrung und Mobilität kaufen zu können. Als lohnarbeitender und selbständiger Familienvater kann ich das gut nachvollziehen. In der gegenwärtigen ökonomischen Kultur hat nur ein kleiner Teil der Menschen diese Zeit. Die Mehrheit hat sie nicht. Sie nimmt sie sich auch nicht, da sie sich wirtschaftlichen Zwängen unterworfen und die vorgegebenen Werte angenommen hat.

Wann haben Sie die Natur zuletzt bewusst wahrgenommen? Wann waren Sie das letzte Mal in einem Konzert? Wann haben Sie ein Lied gesungen? Wann waren Sie kreativ? Wann hatten Sie Zeit für Ihre Angehörigen, Ihre Eltern, Ihre Kinder? Wann für die Liebe? Haben Sie die Freiheit, sich diese Zeit zu nehmen?

Das Verhältnis zwischen der Zeit für die Lohnarbeit und der Zeit für die anderen Tätigkeiten beeinflusst unser Zusammenleben. Wird sämtliche Zeit für das Überleben verbraucht, können Potenziale und Fähigkeiten nicht genutzt werden, und das Zusammenleben wird ein trister, grauer Kampf. Bleibt viel Zeit für die Tätigkeiten, die das Menschsein ausmachen, kann das Gegenteil der Fall sein.

Als meine Kinder zur Welt kamen, änderte sich der Bedarf an finanziellen Mitteln. Erfahrungen hatte ich in verschiedenen Anstellungen im Wasserbau, bei der Post, als Dozent, Kabarettist und wissenschaftliche Hilfskraft während des Studiums gesammelt. Außerdem war ich selbständig als Promoter unterwegs und beschäftigte mich nebenbei intensiv mit Massenpsychologie und Börse. Das Ziel des größten Teils dieser Aktivitäten war allein, Geld zu verdienen, um Zeit für die mir wirklich wichtigen Dinge zu gewinnen. Für das Studieren, das Lesen, das Ausprobieren, Gedichteschreiben, die Musik.

Es war nicht leicht, nach dem Studium Tätigkeiten zu finden, die sowohl meinen Interessen entsprachen, Zeit für die Kinder, die Beziehung, das Schreiben dieses Textes, das Lesen und die Umsetzung von Ideen ließen als auch die monatlich notwendige Summe einbrachten. Doch es war möglich und zu einem großen Teil gelang es.

Das Verdienen oder das Machen von Geld ist zwar in unserer heutigen Gesellschaftsform eine Notwendigkeit, um die überlebensnotwendigen Dinge zu erlangen, aber es kann kaum das primäre, lebensbestimmende Ziel eines Menschen sein, wenn er nach seinen individuellen und seinen menschlichen Eigenschaften leben will. Es kann, wenn ich meiner Natur Beachtung schenke, nicht der einzige und wichtigste Anreiz für die Gestaltung eines menschenwürdigen Lebens sein.

Verbringe ich meine Lebenszeit allein mit einer Lohnarbeit, die nicht meinen Interessen entspricht, oder richte ich meine gesamte Aufmerksamkeit auf das Anhäufen von Reichtum, ist mein Leben arm und einseitig geprägt. Macht das ein Großteil der Bevölkerung eines Landes, ist seine Kultur ebenso arm und einseitig. Man erkennt das beispielsweise an formlosen Zweckbauten (der Zweck ist der Profit) in den Städten, neuen Einfamilienhaussiedlungen ohne kulturelle Infrastruktur, uniformen Vorgärten (die keine Gärten sind), geputzten böse blickenden Autos oder an einem starren Bildungssystem.

Wir könnten uns für andere Anreize entscheiden und den Anreiz der Gewinnung von Geld und monetärem Reichtum als untergeordnet, als höchstens tertiär einstufen. Dazu müssen wir uns von den Umständen befreien, die uns davon abhalten.

Von der Angst vor dem Scheitern, von der Bequemlichkeit des Bleibens, des Festhaltens am Alten, der Unterordnung unter Überholtes, davon, die Verantwortung den anderen, vermeintlich Intelligenteren zu überlassen.

Wir könnten, und das ist der erste Vorschlag dieses Essays, neue Anreize in die Öffentlichkeit stellen und an die erste Stelle holen. Natürliche Anreize, die schon entstanden und vorhanden sind, die sich jedoch noch nicht durchgesetzt haben, noch unterdrückt werden oder die noch nicht ausreichend ins Bewusstsein getreten sind. Anreize, die einen Antrieb, eine Motivation aus Liebe statt aus Angst schaffen. Anreize, die auf ethischen und humanitären Werten beruhen.

2 Menschsein

Einige Jahre lebte ich in einer kleinen Wohnung in der Innenstadt mit Ofenheizung, Dusche in der Küche und schönem alten Dielenfußboden. Vermieter war eine Wohnungsgenossenschaft, die das Haus jedoch nach zwei Jahren an zwei Privatpersonen verkaufte. Diese begannen das Haus zu sanieren. Ich weigerte mich auszuziehen, so dass sie um mich herum sanierten, das Haus komplett einrüsteten und mich eines Morgens mit dem Herausstemmen des Mauerwerks für den Einbau einer Balkontür weckten. Ich zahlte keine Miete mehr und lebte mit einem Schutthaufen im Wohnzimmer. In den anderen Wohnungen rissen sie die alten Türen raus, ersetzten sie durch Billigvarianten aus dem Baumarkt und klebten Laminat auf die Dielen. Ihr Ziel war klar – mit dem geringstmöglichen Aufwand den größtmöglichen Profit zu generieren. Dabei war ihnen alles Andere egal. Sie erreichten dann gerichtlich, dass ich ihre Sanierung nicht behindern durfte, und trugen meinen Kram, inklusive Klavier, ein Stockwerk tiefer in eine bereits sanierte Wohnung. Diese gefiel mir nicht, so dass ich nach einigen Monaten eine Straße weiter in eine noch unsanierte Wohnung mit alten Türen und Dielenfußboden zog. Nach und nach wurden sämtliche Häuser im Viertel saniert, die Mieten stiegen und es gab keine Wohnungen mehr für Studenten, Künstler, Menschen mit geringem Einkommen. Das Viertel wurde langweilig und monoton. Die Häuser waren billig saniert, gleich und gleich teuer. Eine bestimmte Klientel herrschte vor. Die Vielfalt war zerstört. Es gab kaum Optionen, die

Lebensweisen waren begrenzt.

Diese Geschichte verdeutlicht am Beispiel des Umbaus eines Wohnviertels, wie stark unser Leben vom rein monetären Denken durchdrungen ist und wie dies dem Zusammenleben schaden kann. Die Priorisierung der Profitabilität in der Bauwirtschaft lässt häufig Gebäude entstehen, die jeglicher Ästhetik entbehren. Das Streben nach dem eigenen Profit unterdrückt in diesem Fall das Streben nach Schönheit und sinnvoller, sozialer Stadtgestaltung. Zwar werden Häuser saniert, doch hat dieses Unterfangen lediglich den Anspruch und die Motivation, für den Investor wirtschaftlich zu sein und Gewinn abzuwerfen. Das ist jedoch zu wenig, wird dem Menschen nicht gerecht und verhindert ein mögliches kulturvolles Zusammenleben in einer angenehmen und anregenden Umgebung.

Die Architektur prägt den Menschen und so darf es uns nicht wundern, wenn eine Stadt aus glatten, kalten und sterilen Glas-Stahl-Betonbauten auch glatte und kalte Menschen hervorbringt. Dass es anders geht, zeigen zahlreiche von kreativen Architekten entworfene wunderbare Gebäude oder ganze Stadtviertel.

Der Gedanke der Wirtschaftlichkeit bestimmt beinahe sämtliche Bereiche unseres Lebens. Ob Mobilität, Altersvorsorge, Ernährung, Gesundheit, Bau oder Kommunikation, alles ist mit Kosten verbunden. Sie beeinflussen unser Denken und Handeln.

Wir haben diesen Gedanken angenommen und richten unser Leben nach ihm aus. Ja, wir sind gezwungen unser Leben nach ihm auszurichten, da wir ohne das Streben nach Lohn und Gewinn verarmen und gesellschaftliche Teilhabe verlieren würden und unsere Existenz nur in einem Wohlfahrtsstaat gesichert wäre.

Für diesen Zwang gibt es jedoch keine zeitlose und allgemeingültige Berechtigung. Gleich ob er allein entstanden oder gewachsen ist oder die Idee, aus der er resultiert, von Menschen erdacht, implementiert, etabliert und mit einem Rechtsrahmen abgesichert wurde. Der Rechtsrahmen ist Realität und die Berechtigung für den Zwang ergibt sich aus der Gewalt, die mittels des Rechtsrahmens ausgeübt wird.

Ein Rechtsrahmen gibt einer Gesellschaft Stabilität und Sicherheit und das menschliche Zusammenleben gestaltet sich in einem Rahmen wesentlich einfacher als ohne ihn. Doch führt der gegenwärtige Rahmen dazu, dass die Entwicklung der ihm untergeordneten Gesellschaften relativ monoton und gleichgerichtet verläuft. Er lässt zu wenig Spielraum für Alternativen, für Veränderungen, für das Gestalten.

Der Fokus dieser Gesellschaften liegt auf den wirtschaftlichen Werten. Auf dem Wettbewerb, der Konkurrenz, dem Profitstreben, dem Wachstum, dem Erfinden neuer Produkte, dem Entrepreneur. Was kann man in ihnen anderes anstreben als das Geldverdienen, den Wohlstand, den Reichtum? Mir fallen sofort zahlreiche Dinge ein wie Familie, Kinder, Freunde, Gedichte oder Musik. Aber ordnet nicht die Mehrheit der Menschen diese Dinge den vorherrschenden Werten unter? Erst kommt die Weltreise, die Karriere, das Haus, dann, wenn überhaupt, die Familienplanung. Erst kommt die Frage, mit welchem Job kann ich zukünftig Geld verdienen, und dann erst die Frage nach meinen Fähigkeiten und Interessen.

Diese Art der Herangehensweise an das eigene Leben kann zu Entscheidungen führen, die dem Leben an sich entgegenstehen. Es sind zwar bezüglich des Gesetzes- und Werterahmens rationale Entscheidungen, sie sind jedoch irrational, was das Leben betrifft. Sie sind gegen das Leben gerichtet.

Wenn die Mehrheit der Menschen ihren Kinderwunsch aufgrund finanzieller Erwägungen nach hinten verschiebt und es demzufolge viele Einzelkinder gibt, geht die Bevölkerung zurück. Ein hohes Alter der Mütter wirkt sich ebenfalls nicht positiv auf die Vitalität und die Gesundheit ihrer Kinder aus. Wenn dieser Zustand über mehrere Generationen anhält, schrumpft die Bevölkerung exponentiell zusammen.

Dass dieses Geschehen für die nichtmenschliche Natur mit ihren wildlebenden Arten durchaus von Vorteil ist aber trotzdem keine wünschenswerte Option darstellt, werde ich in Kapitel 4 ausführlicher erläutern.

Wenn ich meine Ausbildung, meinen Beruf nicht an meinen Talenten, Fähigkeiten und Interessen ausrichte, werde ich möglicherweise ein unzufriedenes Leben führen. Denn man spürt, zumindest unterbewusst, wenn eine Tätigkeit nicht der eigenen Natur entspricht. Das eigene Leben wird dann unruhig und die entstehende Unzufriedenheit muss beispielsweise durch übermäßigen Konsum kompensiert werden.

Es gibt viele weitere bezüglich des vorherrschenden Werterahmens rationale, jedoch gegen das Leben an sich gerichtete Entscheidungen. Ein ganz offensichtliches Beispiel ist die moderne Landwirtschaft. Der studierte Landwirt, er hat Agrarökologie oder richtiger Agrarökonomie studiert, erwirbt ein Stück Land, mal abgesehen davon, dass das Land heute oft von landwirtschaftsfremden Personen und Unternehmen kontrolliert wird. Er erwirbt damit jedoch nicht nur das Land, das für die Nahrungsmittelerzeugung vorgesehen ist und somit im eigentlichen Sinne allen gehört, sondern er erwirbt vor allem die Verantwortung für dieses Land. Er hat es so zu bewirtschaften, dass er den Boden, das Grundwasser und die Artenvielfalt nicht schädigt und für nachfolgende Generationen erhält. Außerdem muss er gesunde Nahrungsmittel erzeugen. Wie soll der Landwirt, der oft in Abhängigkeit von Banken und Chemieunternehmen steht, der seinen Ertrag steigern und Profit generieren will und muss, dieser Verantwortung gerecht werden?

In seinem Studium hat er gelernt, er müsse der Natur etwas »abringen«. Das bedeutet jedoch, gegen sie zu arbeiten. Er benutzt Düngemittel, Herbizide und Insektizide, die enorm an Effizienz gewonnen haben, um seinen Ertrag zu steigern. Für diese Ausgaben wird er pro Hektar subventioniert. Den Ertrag steigert er, die Masse wird größer, doch die Qualität leidet. Pestizidrückstände und eine geringerwertige Nährstoffzusammensetzung im Vergleich zu biologisch angebauten Produkten können die Folge sein. Er arbeitet in mehrfacher Hinsicht gegen das Leben, gegen die Zukunft, aber folgt der rationalen Logik des Werterahmens.

Mit Herbiziden vernichtet er sämtliche Pflanzen. Diese stehen jedoch am Anfang jeder Nahrungskette und es ist die logische Folge, dass damit auch die Tiere verschwinden. Das ist Stoff des Biologieunterrichts der sechsten Klasse. Rückstände aus Dünger und Pestiziden gelangen ins Grundwasser und in die Nahrungsmittel und können unsere Gesundheit schädigen. Natürlich liegt ihr Gehalt unter einem Grenzwert, der beruhigen soll, jedoch nicht beruhigen sollte. Der Humusgehalt des Bodens nimmt ab. Er wird langfristig unfruchtbar und nur der Dünger lässt noch etwas wachsen.

Dieser Form der ökologischen Übergriffigkeit, dem toten Acker, der enormen Flächennahme sollten wir etwas entgegensetzen. Man muss der Natur nichts abringen. Ihr enormer Reichtum ist uns geschenkt, wir dürfen ihn nutzen und das

Wissen über die Nutzung, ohne zu schädigen, sollte Gegenstand des Agrarökologie-Studiums sein. Wenn wir gegen die Natur arbeiten, arbeiten wir gegen uns selbst.

Der Werterahmen fördert in diesem Fall ein Verhalten, dass langfristige negative Folgen nicht bedenkt oder sie vorsätzlich in Kauf nimmt. Ein Landwirt, der so handelt, wird seiner Verantwortung nicht gerecht und schädigt nachhaltig unsere und seine Umwelt.

Nicht einem einzigen Landwirt will ich mit dem Gesagten zu nahe treten, denn ich gehe davon aus, dass er anders handeln würde, wenn er es anders gelernt hätte und wenn er nicht den Zwängen unterworfen wäre, denen er unterworfen ist.
Von einer andersartigen Verhaltensanpassung war ich selbst direkt betroffen. Vor kurzem bewarb ich mich auf eine Stelle an der Universität meiner Geburtsstadt im Bereich Berufspädagogik. Die Aufgabe bestand darin, Fortbildungen und Trainings für Lehrkräfte zu einem neu entwickelten Konzept zur beruflichen Orientierung zu konzipieren und durchzuführen. Eine tolle Aufgabe, sah ich in ihr doch die Chance, unser relativ starres und altes Schulsystem zu verbessern und über die Bildung der Lehrer indirekt den Kindern zu helfen, ihre Interessen und Fähigkeiten zu entdecken. Ich war hochmotiviert und startete in einem Team aus fünf Leuten. Doch so offen ich in dieses Team ging, so verschlossen begegnete es mir von Anfang an. Gut, dachte ich, Geisteswissenschaftler sind nachdenkliche und ernste Menschen, ich mach mal meine Arbeit. Leider bemerkte ich erst nach einem Dreivierteljahr, dass die Teamleiterin versuchte, mich systematisch mittels Ausgrenzung, Intrigieren, Diffamierung und Nichtachtung loszuwerden. Das hatte ich noch nicht erlebt und was man nicht kennt, das erkennt man nicht. Unwissenheit schützt vor Strafe nicht

und es war mein Fehler, mich allein auf das Projekt zu konzentrieren, ohne mit möglichen Angriffen zu rechnen.

Es kam dann heraus, dass die Teamleiterin nach dem Bewerbungsgespräch als Einzige gegen mich gestimmt und bereits ihren Lieblingskandidaten vorher gewählt hatte. Sie arbeitete also das gesamte Dreivierteljahr gegen mich und nutze Methoden, die meine Gesundheit schädigten und die absolut asozial und unmenschlich waren.

Ihr Verhalten war möglicherweise durch eigene Erfahrungen an der Universität geprägt und erlernt. Vielleicht war sie früher prekär beschäftigt und musste selbst um ihre Stelle kämpfen und Konkurrenten ausstechen. Der Wettbewerb in der Wissenschaft kann durchaus positive Ergebnisse zur Folge haben, es ist jedoch bedauerlich und der Wissenschaft nicht zuträglich, wenn das Konkurrenzdenken zu einer Hackordnung und zu inhumanen Verhaltensänderungen führt. Und das alles für ein relativ lausiges Angestelltengehalt. Die Abhängigkeit von diesem Gehalt, mit dem die Teamleiterin möglicherweise die Grundbedürfnisse ihrer Familie sichern musste, kann zu Verhaltensanpassungen führen. Teammitglieder werden als Objekte betrachtet, die lediglich dazu da sind, bestimmte Arbeitsaufträge auszuführen. Die Menschlichkeit schwindet und Beziehungen zwischen Subjekt und Subjekt werden unmöglich, das soziale Miteinander ist gestört.

Mein Vorschlag ist in einem solchen Fall die Kündigung. Lassen Sie das nicht mit sich machen. Lassen Sie sich nichts gefallen. Das ist ein erster Schritt hin zu einer Verbesserung der Gesellschaft. Denn solange Sie mitmachen und sich versklaven lassen, wird sich nichts ändern. Ja, Sie brauchen Einkommen, aber nicht um jeden Preis.

Sind Sie indessen Millionär oder Milliardär geworden, müssen Sie sich um Ihren Lohn nicht sorgen. Das Leben ist relativ sicher, an Materiellem fehlt nichts, im Gegenteil, es kann im Überfluss einfach erkauft werden. Die Unabhängigkeit von einem Arbeitgeber schafft Freiheit. Sie können über Ihre Zeit frei verfügen. Aber was machen Sie mit dieser Freiheit? Sie haben nun nicht mehr die Motivation, Geld für Ihre Grundbedürfnisse zu verdienen. Welche Motivationen, welche Ziele haben finanziell reiche Menschen?

Warum investieren viele von ihnen ihr Vermögen in Dinge und nicht in das Zusammenleben der Menschen? Warum wollen sie ins All fliegen und den Mars besiedeln? Warum ist ihr Menschenbild häufig trans- oder posthumanistisch? Warum richten sie ihre Kreativität auf die Produktion oder den Verkauf von Waren? Warum schaffen sie tote Dinge statt lebendige?

Lenken die einfachen wirtschaftsliberalen Heuristiken ihre Aufmerksamkeit auf die Technik und die Produktion von Gegenständen? Haben sie das profitorientierte Denken so stark verinnerlicht, dass es zum intuitiven, automatischen Denken geworden ist und auch das bewusste, wohlüberlegte Denken überlagert und bestimmt? Können sie nicht anders? Können sie nicht aus ihrer Haut?

Sie haben sich in das System eingefügt, durchaus intelligent angepasst, haben ein bequemes und sicheres Leben. Ihr Erfolg definiert sich durch materiellen Überfluss, aber auch durch Achtung und Anerkennung. Sie sind schließlich den geltenden Prinzipien gefolgt und haben das Ziel erreicht, nach dem so viele streben.

Bei genauerer Betrachtung kann solch ein Leben jedoch armselig wirken. Es ist möglicherweise weniger lebendig, als mit dem Zahnfleisch auf dem Asphalt zu kriechen. Selbst wenn ich hin und her jette und mein Business am Laufen halten muss. Man ist weniger dicht dran an der Erde, weiter weg, abgehoben. Die Grundbedürfnisse sind übererfüllt und das Gehirn kommt auf außerirdische, lebensferne Gedanken.

Wirkt Reichtum dem Leben entgegen, könnte man fragen. Es bleibt eine rhetorische Frage. Die Armen streben nach ihm und die, die ihn erlangt haben, machen immer so weiter und bemerken nicht, dass sie sich vom Leben entfernt haben und dass es noch etwas anderes gibt als das Streben nach Gewinn.

Die Gier nach finanziellem Profit und Macht erscheint grenzenlos. Selbst wenn der Milliardär ein Milliardenvermögen angehäuft hat, strebt er danach, dieses Milliardenvermögen zu vergrößern. Er nutzt Menschen und Maschinen als Arbeitskräfte um die Produktion zu steigern und noch mehr Dinge zu schaffen und zu verkaufen.

Gefährlich wird es, wenn der Milliardär eigene Ideen, die eine Vielzahl Menschen oder die gesamte Menschheit betreffen, realisieren will. Er ist mitunter nicht legitimiert, nicht gewählt, hat jedoch aufgrund seines Vermögens die Macht dazu. Ist die Idee gut und wird sie umgesetzt, hat das positive Folgen und kann zur Verbesserung des Lebens führen. Irrt sich jedoch der Milliardär – denn er ist ebenfalls lediglich ein Mensch mit einem Gehirn und die Fähigkeiten, die ihn zum Milliardär werden ließen, sagen nicht viel über seine Intelligenz in anderen Fragen aus –, kann das zur Katastrophe führen.

Liebe Milliardäre, bitte maßen Sie sich nicht an, Entscheidungen für die Allgemeinheit zu treffen, auch wenn Ihre Macht Sie dazu verleitet. Neben der Gefahr des Irrtums gefährden Sie damit jede Form der Demokratie.

Gerade wenn es um die Natur und die Gesundheit geht, überschätzt und irrt sich der Mensch. Gerade der rationale

Zahlenmensch, der nüchterne Kalkulator hat kaum eine Affinität für die nichtlinearen Zusammenhänge in der Natur.

Wenn der Milliardär seine Aufmerksamkeit auf den Mars richtet oder ausschließlich auf die Produktion von Dingen, hat er möglicherweise den Blick für das, was das Menschsein ausmacht, verloren. Das gilt selbstverständlich nicht nur für Milliardäre, sondern für jeden Menschen.

Was wird man in fünfzig oder hundert Jahren über jemanden sagen, der die Welt mit Autos oder Medikamenten überschwemmt hat, der zum Mond oder Mars geflogen ist? Was hat er der Menschheit gebracht? Wir werden mit großer Wahrscheinlichkeit auch auf dem Mars nicht herausfinden, wo wir hier und wozu wir hier sind!

Viele Unternehmer, Gründer und Entrepreneure sind außergewöhnliche Talente. Außergewöhnliche Talente sind jedoch selten. Deshalb sollten wir sie nicht gehirnwaschen und ihre Aufmerksamkeit, ihr Genie allein auf das Profitmachen und die Technologie lenken. Lassen wir sie ausbrechen aus diesen engen Grenzen. Nehmen wir den Ökonomismus aus dem Mittelpunkt und stellen ihn gleichwertig neben alle anderen Optionen. Machen wir die Sicht frei auf die Vielfalt der möglichen Lebensweisen, auf die Kultur, die Natur, das menschliche Zusammenleben!

Ich möchte nicht auf den Mars, nicht mal auf den Mond, nein, ich habe ein mindestens genauso unerreichbares Ziel. Ich möchte, dass alle Menschen in Kulturen leben, die ihren menschlichen Eigenschaften gerecht werden und in der sie ihre Fähigkeiten frei entfalten können. In Kulturen des Zusammenlebens, in denen der Mensch in der Lage ist, das Höchste zu erreichen, was ihm möglich ist. In denen er so kulturvoll und kunstvoll leben kann, wie er es vermag.

Menschen, die in der Öffentlichkeit stehen, sind Vorbilder für die Allgemeinheit. Sie werden beobachtet, bewertet, beurteilt und ihr Verhalten wird nachgeahmt. Jeder Mensch, sei er nun Unternehmer, Musiker, Autor, Milliardär oder Politiker, der in der Öffentlichkeit steht, sollte sich seiner Vorbildfunktion bewusst sein. Erfüllt er öffentliche Aufgaben, so ist er dem Gemeinwohl verpflichtet.

Wenn sich ein Staatsbeamter nun während seiner Zeit in der Politik den Weg in die Wirtschaft ebnet, statt seine Tätigkeit den Bedürfnissen der Allgemeinheit zu widmen, so wird das von der Gesellschaft wahrgenommen. Sein Verhalten ist jedoch eine Form der Korruption. Es ist außerdem Betrug am Bürger, am Steuerzahler und an der gesamten Bevölkerung.

Der so handelnde Mensch zeigt, dass er käuflich ist und seine Würde bereits an die vorherrschende Ordnung des Ökonomismus abgegeben hat. Sein Verhalten hat eine Außenwirkung und färbt auf das Verhalten der Bevölkerung ab. Es dient als Vorbild und die Menschen passen sich dem vorgelebten Verhalten an und ahmen nach. Es demoralisiert und die Jugend richtet sich danach. Jeder sucht nach seinem eigenen finanziellen Vorteil.

Handelt die Mehrheit der öffentlichen Personen in dieser Art und Weise, haben wir nach einigen Generationen der Nachahmung von blutrünstigen Tieren bevölkerte, entmenschlichte Städte, in denen das Recht des Stärkeren gilt. Aufgrund des Mangels an Humanität und Ethik zerstört sich dieses System auf blutige Art und Weise selbst.

Menschen, deren Wertegrundlage allein auf das Eigeninteresse, den eigenen finanziellen Gewinn ausgerichtet ist, sollten keine Positionen besetzen, an denen sie Verantwortung für die Gesellschaft tragen und großen Einfluss ausüben können. Sie eignen sich nicht dazu, Entscheidungen zum Wohl der Bevölkerung zu treffen.

Folgenden Gedanken füge ich hinzu: Schuldmindernd für diese Personen wirkt der Umstand, dass sie selbst Opfer des Werterahmens sind, der ihr Verhalten geprägt hat. Ihr Handeln ist das Produkt der gesellschaftlichen Bedingungen. Aus dieser Perspektive betrachtet, kann man ihnen keinen Vorwurf machen, auch wenn sie unverantwortlich handeln. Sie sind dem psychologischen Gesetz der Imitation unterworfen. Sie tun, was andere tun. Wenn sie von unverantwortlich handelnden Menschen umgeben sind oder sie als Vorbild sehen, handeln sie selbst ebenso unverantwortlich. Sie spüren zwar, dass sie vielleicht mit den Entscheidungen, von denen sie selbst profitieren, andere Menschen schädigen, doch der Effekt der Nachahmung ist stärker.

Politische Erfahrungen sammelte ich selbst innerhalb von vier Jahren Parteimitgliedschaft. Als stellvertretender Sprecher einer Arbeitsgemeinschaft nahm ich an wöchentlichen Sitzungen teil und schrieb Anträge für Landesdelegiertenkonferenzen. Der Zeitaufwand stand jedoch in keinem Verhältnis zu den Aussichten auf wirkliche Realisierungen von Ideen und Antragsinhalten. Alles blieb an der Oberfläche, auf der Ebene des Wortes statt der Tat. Es hatte den Anschein, dass niemand wirklich eigene Ideen einbringen oder gar etwas verändern wollte. Sie schwammen alle mit im Einheitsbrei, im Mainstreamdenken der Partei. Ich sah kein Potential für Veränderungen, sah auch keinen Mentor oder kein Vorbild und entschied mich dafür, meine eigenen Projekte voranzutreiben, mich um meine Kinder zu kümmern und etwas im Kleinen zu verändern. Der entscheidende Grund für meinen Rückzug waren jedoch die Banker und Energielobbyisten, die im Kreisverband das Sagen hatten und haben. Ihre Ziele waren zumindest für mich offensichtlich auf den eigenen Nutzen gerichtet und trotzdem saßen sie fest im Sattel und hatten die Unterstützung ihrer speichelleckenden Parteimitglieder. Wie sollte man bei dieser Übermacht etwas ausrichten? Hier konnte ich nicht bleiben, auch wenn die Energie noch so erneuerbar war.

Wie stark die Politik vom finanziellen Denken durchdrungen ist und dass sie aufgrund dieses Denkens ethische Werte missachtet und häufig nicht zum Wohl der eigenen Bevölkerung entscheidet, zeigt ein weiteres Beispiel. Alkohol ist in Deutschland so billig, dass sich jeder Einwohner jeden Tag besinnungslos trinken kann. Dieser Umstand führt zur Schwächung der Bevölkerung, sie wird krank und das Gesundheitssystem stark belastet. Die Regierung vernachlässigt hier ihre Pflicht und ihre Verantwortung. Die Steuereinnahmen aus der Alkoholproduktion, eine der wichtigsten Säulen der europäischen Agrarwirtschaft, sind für den Staat entscheidend, nicht die Gesundheit der Bevölkerung. Die wesentlich höheren Kosten, die der Alkoholkonsum durch die Schädigung der Gesundheit im Gesundheitswesen verursacht, trägt nicht der Staat, sondern diese Kosten tragen die Krankenversicherungen. Der Staat entscheidet in diesem Fall allein aus finanziellen Gründen und nimmt eine Schädigung und Schwächung der Bevölkerung in Kauf. Verantwortlicher als die deutsche Regierung handelt hier beispielsweise Irland mit seinem Präventionsmodell.

Nun kann man einwenden, dass es meine eigene Freiheit ist, so viel zu trinken, wie ich will. Das ist richtig. Jeder kann seine Gesundheit schädigen, wie er mag. Doch ist es sinnvoll, dieses Verhalten durch ein enormes Überangebot an Alkoholika und einen äußerst niedrigen Preis zu fördern? An dieser Stelle sollte weitergedacht werden, denn hier schädigen finanzielle und möglicherweise weitere Interessen der Regierung die menschliche Gesundheit.

In vielen Fragen überlässt die Politik die Menschen der Wirtschaft. Sie appelliert an die Eigenverantwortung und nimmt sich so selbst aus der Verantwortung. Sie stellt jedoch auch keine Vorbilder oder Werte in die Öffentlichkeit, die Orientierung und Halt geben könnten. So bleiben nur die Zahlen, das Geld, die Wirtschaft, der Konsum und das Streben nach Profit, die die Menschen und die Gesellschaft formen.

Es entsteht eine ökonomische Kultur, ein Wertemonismus. Ein Monismus ist eine philosophische Lehre, eine Denkrichtung, in der sich alle Vorgänge, alle Handlungen auf ein einziges Grundprinzip zurückführen lassen. Dieses Grundprinzip ist im Fall unserer Gesellschaftsordnung das auf ökonomischen Werten beruhende ökonomische Denken. Diesem Denken sind sämtliche Vorgänge untergeordnet bzw. dieses Denken ist ihnen übergeordnet.

Es gibt zwar viele Optionen, viele Möglichkeiten und damit eine Art der Freiheit, doch sind all diese Optionen (und auch die Freiheit) dem monetären Grundprinzip unterworfen. Sie müssen sich rechnen. Sie können zur Verbesserung unseres Lebens beitragen, aber sie müssen sich rechnen. Optionen, die zwar zur Verbesserung beitragen, sich jedoch nicht rechnen, werden selten realisiert. Es existiert eine Abhängigkeit vom Kapital, vom Lohn, von der Lohnarbeit.

So sind die Freiheit und der Pluralismus durch das monetäre Prinzip beschränkt. Die Kultur ist einseitig geprägt und somit arm. Nicht nur arm an kulturellen Projekten, die oft von der Finanzierung über Fördermittel abhängen, – wie viel mehr Projekte würde es ohne diese Abhängigkeit geben! –, sondern vor allem arm in dem Sinne der Beschränkung des Denkens und damit der Beschränkung der Vielfalt der Lebensweisen, die dem Menschen eigentlich offenständen. Dieser Verarmung durch die ökonomische Kultur könnten wir mit neuen Ideen begegnen.

Trotz ihrer Armut schafft diese Ordnung einen immensen Reichtum an Kapital und Produkten. Sie lässt zwar kaum Alternativen zu, doch sie funktioniert. Jedenfalls bis heute. Allein dieses Funktionieren hat schon einen Wert an sich. In einer unvorhersehbaren und von enormer Komplexität geprägten Welt ist jede funktionierende Ordnung von größter Bedeutung.

Die Werte und Vorteile des liberalen Rechtsstaats sind nicht gering zu schätzen und offensichtlich. Möglicherweise sind sie die besten, die wir jemals hatten. Doch es bleiben die Fragen, welche Opfer Gesellschaft und Natur dafür bringen; ob diese Opfer die Vorteile aufwiegen und ob diese Opfer überhaupt mit den Vorteilen einhergehen müssen oder ob wir sie durch Veränderung und Anpassung eliminieren können?

Der liberale Rechtsstaat strebt die Sicherung der Freiheits-, Grund- und Menschenrechte an. Die Gewaltenteilung, die Begrenzung und die Legitimierung der Macht durch die Demokratie schaffen im Idealfall ein Gleichgewicht zwischen Gesellschaft und Staat. Die Marktwirtschaft kann zu gesundem Wettbewerb und zu nützlichen und günstigen Produkten und Dienstleistungen führen. Die Konkurrenz spornt zu Höchstleistungen an. Materieller Wohlstand und Lebensqualität steigen. Individualismus und Egoismus wirken positiv auf diesen Wohlstand.

Man kann hier durchaus ein rosiges Bild malen, das die Erzählung des wirtschaftlichen Fortschritts und das Immer-weiter-so unterstützt. Wir müssten nur so weitermachen wie bisher und unser Leben wird immer besser. Wir lassen alles so weiterlaufen und passen hier und da ein bisschen an. Das Materielle definiert die Lebensqualität.

Wenn ich mich mit Produkten überhäufen kann, dann ist mein Leben lebenswert, bequem und vorzeigbar. Außerdem gibt es ja den Anderen, das Gegenüber, dem ich mein Leben zeigen will. Es gibt eine Gesellschaft. Das Gegenüber ist aber natürlich auch ganz individuell und egoistisch wie man selbst. Aber es ist zumindest nicht unbedeutend für das eigene Leben. Wie würde ich mich verhalten, wäre es nicht da?

Die sozialen Interaktionen der einzelnen Individuen bestehen in dieser Welt aus Smalltalk über Produkte oder Selbstverwirklichung, dem Überholen auf der Straße oder der Erregung und dem Streit über politische Entscheidungen. Aber es sind Interaktionen. Gemeinsamkeiten sind schwer auszumachen. Wir wollen uns schließlich unterscheiden. Doch gerade in diesem Drang zur Unterscheidung gleichen wir uns. Jeder ist zwar von Natur aus anders, doch dem Grundprinzip der Gesellschaftsordnung ordnen wir uns unter. So ähneln sich die Massen an einzelnen Schicksalen einzelner Individuen. Trotz angeblicher Individualität laufen sie alle in dieselbe Richtung.

Formulieren wir es anders, vereinfachen wir und betrachten die Gegenwart als Spiel: Unser gegenwärtiges Leben, unsere gegenwärtige Kultur wird von einem Spiel dominiert. Es wurde von Menschen erdacht und in die reale Welt gebracht. Es ist ein Finanz- und Wirtschaftsspiel, mit klaren, relativ komplexen Spielregeln, mit Gewinnern und Verlierern.

Viele Menschen befürworten das Spiel und richten sich bewusst oder unbewusst nach den Regeln. Es funktioniert und hat durchaus gute Seiten und Vorteile gegenüber zahlreichen Spielen der Vergangenheit und Gegenwart. Daneben existieren noch andere Spiele, alternative Ordnungen. Sie sind in ihrer Anzahl jedoch gering im Vergleich zur Vielfalt früherer Zeiten. In einigen Regionen gibt die Religion die Regeln und Werte vor, in anderen die gegenwärtig einzig sichtbaren und scheinbaren Gegenspieler des Kapitalismus, der Sozialismus und der Kommunismus. Doch selbst hier greift das dominante Spiel und mischt sich unter die noch herrschenden Prinzipien.

Die Ausdehnung des Spiels ist so groß geworden, dass sich die Frage nach dem Maximum stellt. Hat etwas sein Maximum erreicht, bricht es zusammen, kehrt um oder verändert sich stark. Die Sorge um den Niedergang des Spiels ist durchaus berechtigt, denn er wäre mit globalen Verwerfungen besonderen Ausmaßes verbunden.

Wann ist also dieses Spiel zu Ende gespielt? Wann ist das Maximum erreicht? Wann fangen wir ein neues an? Was brauchen wir dafür? Sollten wir uns vorbereiten und Alternativen entwickeln? Oder können wir das Spiel trotz seiner maximalen Ausdehnung weiterentwickeln? Ist eine Alternative also die Veränderung des Spiels?

Angenommen, die Organisationsform, in der wir leben, ist gut, sehr gut oder gar die beste, die der Mensch jemals gefunden hat. Die Menschen sind zufrieden und wollen keine Veränderung. Sie wollen, dass alles so bleibt wie es ist. Sie wollen ihre Ordnung erhalten. Dann wird trotz allen Wollens diese Ordnung beim Erreichen ihres Höhepunktes zusammenbrechen. Stabilisierungsversuche helfen nicht. Auf der höchsten Entwicklungsstufe, am Maximum scheitert eine Kultur zwangsläufig. Dieser Zusammenbruch kann mit enormer Geschwindigkeit erfolgen.

Nun denke ich nicht, dass das Maximum erreicht ist und wir kurz vor einem Niedergang stehen. Selbst in einem solchen Szenario wäre ich optimistisch und sicher, dass wir Lösungen und Wege für unseren Fortbestand fänden. Doch da niemand voraussagen kann, wann das Maximum unserer ökonomischen Kultur erreicht ist, und weil der Zusammenbruch bei Erreichen des Maximums ein unvermeidliches Naturgesetz zu sein scheint, ist es wichtig, vorbereitet zu sein.

Das heißt, mit diesem Zusammenbruch zu rechnen und verschiedene Optionen bereitzuhalten. Optionen, die helfen, das Leben neu zu organisieren und Chaos und Kriege zu verhindern. Wenn wir Optionen und Alternativen haben, ist vielleicht ein fließender Übergang ohne größere Verwerfungen möglich. Die große Herausforderung besteht darin, Veränderungen friedlich zu vollziehen.

Das Erkennen und richtige Interpretieren von Anzeichen für einen beginnenden Niedergang ist ebenso wichtig wie schwer. Es deutet sich an, wenn soziale Systeme, Ökosysteme oder Finanzsysteme nicht mehr funktionieren oder Teile ihrer Funktion verlieren. Sie können dann umgestaltet oder korrigiert werden. Es besteht somit die Möglichkeit, dem Ende des Spiels zuvorzukommen und es anzupassen.

Wenngleich die Werte, die den westlichen Ländern in den letzten Jahrhunderten die Vorherrschaft gesichert haben, nun in anderen Ländern etabliert sind und dort teilweise sogar besser umgesetzt werden, heißt das nicht, dass das Maximum der Ausdehnung bereits erreicht ist. Gerade asiatische Länder haben Werte wie Wettbewerb, Wissenschaft, Medizin oder Arbeitsethos übernommen oder wiederentdeckt und sind dabei, den Westen zu überholen. Doch existieren zahlreiche Regionen, in denen das nicht der Fall ist und in die sich unsere ökonomische Kultur zukünftig ausdehnen könnte.

Die zahlreichen offensichtlichen Defizite zeigen, dass das Maximum in der qualitativen Weiterentwicklung ebenfalls nicht erreicht ist. Für diese Weiterentwicklung bedarf es neuer Ideen. Neuer ökonomischer Ideen und neuer Ideen, die über das Ökonomische hinausgehen. Sie sind nicht nur für den Fortbestand unserer Gesellschaft essentiell. Sie sind ebenso notwendig, wenn man vermeiden will, dass andere Staaten am Westen vorbeiziehen.

Das heißt, wir könnten zu den bestehenden Werten neue Werte hinzufügen und bestehende Werte neu bewerten und diese möglicherweise geringer gewichten. Der Stagnation, der Ideenlosigkeit, dem Beharren auf dem Bewährten kann eine Erneuerung durch Neuerungen folgen.

Sind diese neuen Werte ethischer und humanistischer Natur, was mein Vorschlag ist, wäre die Folge vielleicht ein gezügelter, kultivierter Kapitalismus. Kann es das geben? Würden die neuen Werte dominieren, wäre es kein Kapitalismus mehr, da das Kapital nicht mehr der Primat ist. Dann bräuchten wir eine andere Bezeichnung. Die Idee, dass nicht mehr der der Mächtigste ist, der das größte Kapital und die besten Waffen besitzt, sondern der Menschlichere, der Humanistischere, der Weisere, der mit dem höchsten Anspruch an die Kultur ausgestattete, diese Idee könnte Grundlage für die Weiterentwicklung sein.

Gier und Neid hat es immer gegeben und niemand kann es dem Menschen verübeln, wenn er das Geld liebt, erfüllt es ihm doch seine Wünsche, zumindest die materiellen. Doch rechtfertigt das Vorhandensein dieser Eigenschaften nicht, dass wir unsere Ordnung so aufbauen, dass sie gefördert, gelobt und gutgeheißen werden, dass wir ihnen freien Lauf lassen. Selbst wenn es auf den ersten Blick clever erscheint, Egoismus und Gier zu nutzen, um das Leben aller zu verbessern, sieht man auf den zweiten Blick, dass dieses Prinzip zur Zerstörung der Natur, zur Überproduktion und Überflutung mit Dingen und zur sozialen Vereinsamung führt.

Es könnten sich nun folgende Fragen anschließen: Wie kann ich mich dem entziehen? Wie kann ich meine eigenen Werte entwickeln, behalten und nach ihnen leben? Oder sollte ich mich anpassen und wie die Anderen dem Geld hinterherlaufen oder ständig neue Dinge produzieren? Anpassungsfähigkeit ist schließlich eine gute und überlebenswichtige Eigenschaft. Was aber, wenn die gegenwärtige Ordnung dem Leben entgegensteht und ihm schadet? Sollte ich mich auch dann noch anpassen, wenn die Natur und damit meine eigene Lebensgrundlage zerstört wird, wenn junge Menschen keine Kinder mehr bekommen, Städte von linearen Betonklötzen geprägt werden und die Schönheit schwindet? Vielleicht kann die folgende Auswahl an Werten helfen, Orientierung zu finden.

Der Wert der Familie

Wie auch immer die Familie des 21. Jahrhunderts aussehen mag, es ist eine kleine Gemeinschaft von Menschen, die zusammenleben. Familienmitglieder nehmen aufeinander Rücksicht, wirtschaften gemeinsam und gestalten ihr Zuhause. Es gibt Werte und Normen, an die sie sich halten. Zur Familie gehören Kinder, um die sich die erwachsenen Mitglieder kümmern und für die sie die Verantwortung übernehmen. Das Aufziehen der Jungen, die Sorge und der Schutz schaffen soziale und emotionale Bindungen, die die Basis für spätere Beziehungen bilden. Die Familie ist eine kulturelle Einheit, die Menschen, gerade den Kindern, Halt gibt. Halt, den unsere gegenwärtige Ordnung nur bedingt geben kann. Was gibt sie als Halt? Das Streben nach Reichtum, nach Karriere, nach Macht? Die Freiheit, selbst für sein Leben verantwortlich zu sein? Den Rückhalt sozialer Absicherung? Traditionen und Normen, auf die man sich verlassen kann?

Die Familie prägt die gesamtgesellschaftliche Kultur, sichert ihren Fortbestand und beeinflusst die demografische Entwicklung.

Wird sie geringgeschätzt oder entsteht gar nicht erst, weil Menschen sich nicht binden, nicht in ihrer vermeintlichen Freiheit beschränken wollen oder Kinder als Belastung oder Umweltzerstörer angesehen werden, dann kann diese kleine Einheit verschwinden.

Die Achtung vor der Natur

Wir sind Teil der Natur. Wir haben zwar ein relativ stark vernetztes Gehirn und fühlen uns daher groß und überlegen, doch wenn wir uns bewusst machen, wie abhängig wir von unserem Mikrobiom – den Bakterien unseres Körpers – und wie verwundbar wir durch kleine DNA-Stückchen – Viren – sind, wird unsere Stellung deutlich. Wir sind nicht so stabil und wir haben viel weniger Kontrolle über biologische Prozesse, als wir annehmen. Wenn wir nun durch Chemikalien, Abholzung, Ressourcenverbrauch, Verschmutzung, Vermüllung oder Zerstörung von Lebensräumen die Natur schädigen, haben wir zwar mehr Produkte und mehr Kapital an bestimmten Stellen akkumuliert, doch unsere eigenen Lebensgrundlagen zerstört. Wir vergrößern mit der Destabilisierung natürlicher Systeme die Anfälligkeit für unvorhersehbare Ereignisse. Dieses kurzfristige, nicht nachhaltige Denken und Handeln weist eindeutig auf die Kleinheit und die Beeinflussbarkeit unseres Gehirns, gerade auch durch wenig durchdachte Ideen und Narrative, hin.

Wir denken menschbezogen, suchen unseren unmittelbaren Vorteil und scheinen vollkommen empathielos gegenüber anderen Lebewesen. Es ist natürlich schwer, sich in eine Pflanze oder in ein Tier hineinzuversetzen, gerade wenn und weil sie uns unähnlich sind. Viele Menschen haben keinerlei Empfindungen, wenn sie eine 200-jährige Buche fällen.

Das Wort Empathie bezeichnet die Fähigkeit, die Gefühle eines anderen Menschen nachzuempfinden. Doch können wir ebenso empathisch gegenüber anderen Lebewesen sein. Diese Fähigkeit scheint uns verloren gegangen und wir sollten sie wiederfinden und fördern. Auch wenn wir die Buche zu

Brennholz verarbeiten, das eine lebensnotwendige Funktion erfüllt, können wir Achtung vor ihr haben. Pflanzen haben für uns häufig einen geringeren Wert als Tiere. Dabei sind sie die Grundlage unseres Lebens, unserer Ernährung und Existenzgrundlage zahlloser anderer Arten. Sie verfügen über Kommunikationsmechanismen, die unserem Netzwerk aus Nervenzellen ähneln.

Lebewesen ähneln sich für unsere Augen nicht in ihrer Morphologie, ihrem äußeren Erscheinungsbild. Jedoch gibt es eine innere Ähnlichkeit – den Aufbau der DNA. Alle Lebewesen basieren auf der DNA. Ihr Aufbau, die Reihenfolge der Gene, der Basenpaare bestimmt ihre Eigenschaften. Das ist ihnen gemeinsam und das haben wir Menschen mit sämtlichen anderen Arten gemeinsam. Wir können uns also mit ihnen verbunden fühlen.

Die Freiheit der Bildung

Nur eine freie Bildung kann zu mündigen, selbstbestimmten und zufriedenen Menschen führen. Ich bilde mich, weil mich etwas interessiert, weil ich neugierig bin, weil ich etwas verstehen will. So entdecke ich mich selbst, die Weite und Vielfalt der Welt und kann einen Platz in ihr finden. Werde ich in ein Schema gepresst, einen vorherbestimmten, schon durchgeplanten und organisierten Ablauf, fehlt der Raum für dieses Entdecken. Abweichende Möglichkeiten und Optionen, Abzweigungen vom geraden Weg oder natürliche Entwicklungen werden nicht gesehen oder verhindert. Der Ablauf aus Kindergarten, Schule, Studium, Beruf und Karriere ist so ein Schema. Das Studium aus Bachelor und Master nach strengem Zeitplan und unter Zeitdruck ebenfalls.

Mein Biologiestudium ermöglichte mir Exkursionen nach Russland ans Weiße Meer, nach Polen in den Bibrza-Nationalpark, nach Kroatien auf die Insel Sipan vor Dubrovnik und nach Ibiza. Die Russlandexkursion führte unsere Studentengruppe auf eine Insel im Weißen Meer. Die Bahnfahrt dauerte zwei Tage. Man sah abends aus dem Zugfenster und blickte auf Wälder und Seen und wenn man morgens wieder hinaussah, hatte sich daran nichts geändert, wenngleich man die gesamte Nacht über weitergefahren war. Es gab in jedem Wagon einen Samowar und in der Mitropa Soljanka und Stogramm. Die Entdeckung der Natur am Polarkreis, der Fischreichtum des Weißen Meeres, die Städte Moskau und Murmansk, die russische Mentalität, die russische Sauna, die Buchweizengrütze mit Dosenfleisch, Trockenfisch, die Bekämpfung eines Waldbrands, Stolichnaya im Original oder selbstgebrannt, das Abkochen eines Walskeletts – Eindrücke und Erfahrungen, die bleiben und prägen.

Heute gibt es diese Exkursionen nicht mehr. Die Studenten haben schlicht und einfach keine Zeit dafür. Dasjenige, bei dem man am meisten lernt, die Praxis, das Machen, das Erfahren, geht zugunsten von sitzendem Lehrbuchlernen verloren. Nur, weil sich eine Gruppe Menschen gedacht hat, die Abschlüsse vergleichen können zu müssen. Und damit man auch ja in der Regelstudienzeit fertig wird und bloß nicht in Versuchung kommt, nach links oder rechts, oben oder unten zu gucken. Niemand kann jedoch die Menschen, die hinter diesen genormten Abschlüssen stehen, auf Grundlage dieser Abschlüsse oder auf Grundlage ihrer Noten beurteilen oder vergleichen. Die wirkliche Natur und die wirklichen Talente eines Menschen erschließen sich nicht aus seinen Noten.

Der Versuch der Uniformierung der Studenten durch das uniformierte Studium, das darauf abzielt, Fachkräfte oder besser Fachidioten herzustellen, ist ein Angriff auf die Würde des Menschen. Er wird als Objekt betrachtet. Die Bewahrung seiner Würde setzt jedoch voraus, dass man ihn als Subjekt sieht.

Die routinierte, designte Bildung entspricht nicht unseren Fähigkeiten. Sie ist zu einseitig und funktionalisiert Menschen. Sie schöpfen ihre Potentiale nicht aus und werden oft zu Dienern der Ökonomie. Sie erfüllen einen Zweck.

Jedes Bildungssystem dient der Gesellschaftsordnung, in der es existiert. Es wurde schließlich gleich mitentworfen. Funktioniert es, ist es ein hohes Gut und führt zur Weiterentwicklung. Ist es starr, verändert sich nicht oder werden Veränderungen unterdrückt oder von oben übergestülpt, statt sich von selbst zu entwickeln, dann entfernt es sich von den Bedürfnissen des Einzelnen und hemmt die Weiterentwicklung. Nur freie Bildung führt zur freien Entfaltung des Menschen und damit zur Freisetzung seiner Energie, mit der er die Kultur bereichert.

Die Risikobereitschaft, der Mut, die Courage

Bin ich mutig, traue ich mich, auf meine innere Stimme zu hören und meinen Interessen zu folgen? Oder gehe ich lieber auf Nummer sicher und entscheide mich für etwas, was zwar ein gutes Einkommen sichern könnte, mich jedoch nicht erfüllt? Bin ich bereit, ein Risiko einzugehen? Meine eigene Haut aufs Spiel zu setzen?

Viele Menschen scheinen lieber im Einheitsbrei mitzuschwimmen, statt etwas zu wagen. Dabei kann man nur gewinnen, wenn man etwas riskiert, etwas anders macht als die Anderen. Die Angst vor einem möglichen Verlust scheint größer als Zuversicht und Mut. Woher kommt diese Angst? Ist sie ein epigenetisches Überbleibsel aus Kriegszeiten? Sitzt uns die Angst vor Hunger und Armut noch in den Genen? Oder gehört sie zu unserer Kultur, weil diese auf dem Haben und nicht auf dem Sein gründet? Ist es die Angst, zu wenig zu bekommen? Entspringt sie dem Neid und der Habgier, dem Fokus auf das Materielle?

Wir sehen in Wirtschaft und Politik viele Menschen in mächtigen Positionen, die zwar etwas riskieren, doch dabei selbst nichts zu verlieren haben. Sie riskieren beispielsweise die Gesundheit der Bevölkerung oder das Vermögen ihrer Kunden, ohne für ihre Fehler selbst Rechenschaft ablegen zu müssen oder bestraft werden zu können. Sie entscheiden aufgrund persönlicher Vorteile und profitieren, ohne ein Risiko einzugehen.

Indem unsere Ordnung die Rahmenbedingungen dafür schafft, fördert sie ein Verhalten, das der gesellschaftlichen Verantwortung entbehrt. Mut und Courage geraten ins Abseits.

Fehlen sie jedoch, ändert sich weder mein eigenes Leben noch die Gesellschaft. Weder komme ich aus der Tretmühle heraus, in der ich möglicherweise stecke, noch verbessern sich die gesellschaftlichen Verhältnisse.

Der Frieden und der Verzicht auf Gewalt

Wenn ich mit einer unbemannten Drohne einen Menschen töte und dabei in Kauf nehme, dass weitere Menschen sterben, die sich gerade in der Nähe befinden, setze ich selbst nichts aufs Spiel. Wenn ich so weit bin, das zu tun, habe ich auch nichts mehr aufs Spiel zu setzen, denn alles Menschliche habe ich bereits verloren. Ich habe nichts mehr zu verlieren. Ich töte für jemanden, für eine Idee, für die Ausweitung von Macht, der Macht anderer Menschen. Ich werde dafür bezahlt.

Diese Form der Kriegsführung ohne Risiko, ohne eigene Opfer ist gefährlich. Sie verletzt die Gefühle, jegliche Form von Moral und Anstand und bricht damit auch die letzte diplomatische Brücke ab. Wie soll man nach einer solchen Tat noch miteinander reden?

Viel intelligenter wäre es, durch List zu seinem Ziel zu kommen. Durch Strategien und Strategeme, die ohne Kampfhandlungen auskommen. Doch herrscht gegenwärtig das Prinzip der Macht des militärisch Stärkeren. Der, der am stärksten draufhaut, gewinnt. Es ist eine Form von geistiger Schwäche, wenn einem nichts anderes einfällt, als immer weiter aufzurüsten.

Die Krone dieser Aufrüstung sind die P4-Labore. Hier werden biologische Waffen produziert. Viren und Bakterien, die töten oder krank machen. Die Gefahr, die hier existiert, kann man nicht überschätzen. Denn gerade dann, wenn es um die Natur geht, um die Biologie, irrt der Mensch. Da kann er noch so lange forschen. Entwickelt er nun Organismen, die Menschen schädigen sollen, und gelangen diese in die Umwelt oder werden gezielt eingesetzt, kann das unvorhersehbare Folgen haben. Auch dann, wenn gleichzeitig ein Gegenmittel entwickelt wurde. Nicht vorhersehbare, nichtlineare Prozesse können entstehen, die wir nicht kontrollieren können. Die Natur ist klüger als wir und wenn wir ihr ins Handwerk pfuschen, dürfen wir uns über schwarze Schwäne nicht wundern.

Ist der Frieden unter diesen Umständen überhaupt noch ein Wert unserer Gesellschaft? Wenn doch unsere Werte durch das Prinzip des militärisch Stärkeren aufrechterhalten und verbreitet werden? Steht dann der Krieg nicht weit über dem Frieden?

Wir leben in dieser dünnen Schicht, die die Erde umgibt, und uns fällt nichts Besseres ein, als uns zu bekriegen und nach der Macht über andere Menschen zu streben. Wie erbärmlich. Mit dem Bewusstsein, dass wir nur hier auf diesem kleinen Planeten die vielleicht einzigartigen Bedingungen vorfinden, die Leben überhaupt erst ermöglichen, wäre Krieg nicht möglich. Dieses Bewusstsein scheint uns zu fehlen.

Die Muttersprache, die Dichtung

Was wäre unser Leben ohne Literatur? Ohne die Erfahrungen, die die Dichter aufgeschrieben haben? Wir müssen ihnen unendlich dankbar dafür sein. Die Dichter prägen die Werte eines Landes, seine Kultur. Sie beschreiben das Gute und das Schlechte und spiegeln die Entwicklungsgeschichte. Sie bereichern außerdem das Leben des Einzelnen.

Mein Gedächtnis ist leider so schlecht, dass ich sehr oft Gedanken nicht dem jeweiligen Dichter zuordnen kann bzw. mich nicht erinnere, wo ich sie vielleicht schon einmal gelesen haben könnte. Daher schreibe ich diesen Essay, ohne zu zitieren, aber in dem Wissen, dass ich von Dichtern beeinflusst bin.

Außerdem ist es kein hinreichender Beweis für die Richtigkeit einer Aussage, wenn man diese durch zahlreiche Zitate unterfüttert. Es geht nicht um Richtig oder Falsch oder um Beweise. Es geht um Ideen und Gedanken. Viele Dichter haben zweifellos mit ihren Gedanken zu den hier geäußerten Gedanken beigetragen.

An dieser Stelle sei ein kurzer Exkurs erlaubt. Nach meiner Erfahrung gibt es in vielen Fällen kein Richtig oder Falsch, keine Eindeutigkeit oder uneingeschränkte Gültigkeit einer Aussage. Es gibt jedoch viele Menschen, die Erklärungen haben, die etwas logisch begründen können und diese Begründung rhetorisch sehr geschickt formulieren. Diese Menschen können klar und strukturiert denken. Die Klarheit und die Struktur können jedoch hinderlich dabei sein, das zu erkennen, was nicht so klar ist, was nicht so deutlich und logisch ausgedrückt werden kann. Vielleicht ist es dem Menschen gar nicht möglich, sein doch nebliges Dasein, das von großer Komplexität geprägt ist, mit seiner Sprache zu erfassen. Er kann sich mit Hilfe seiner Sprache den Phänomenen, die ihn umgeben, annähern und das sollte er versuchen. Er sollte jedoch den Menschen gegenüber skeptisch sein, die für alles eine logische Erklärung haben, die alles in einen Kontext einordnen können oder die sofort eine Antwort oder Lösung parat haben. Man kann Menschen darum beneiden, dass sie schnell in ihren Entschlüssen sind, die Dinge scheinbar durchschauen und ihre Meinung dazu äußern. Viele Dinge sind jedoch zuerst einmal undurchschaubar. Es ist dann besser, zu warten und zu schauen, anstatt zu versuchen etwas logisch herzuleiten. Denn gerade die Logik des menschlichen Gehirns neigt zu Fehlern. Oft ist es besser, das Neblige zu beschreiben, statt rational erklären zu wollen, dass eine Sache so ist, wie sie ist.

So dient die Sprache der Beschreibung von Dingen und steigert unser Wissen und unsere Erkenntnis. Sie schafft außerdem Identifikation mit einem Land oder einer Region. Sie ermöglicht den Austausch, die Kommunikation und damit die Gemeinschaft. Die Pflege der Sprache, der Schrift und des Ausdrucks sind daher von unschätzbarem Wert.

Eine Vernachlässigung der Sprache führt zum Niedergang von Werten und Kultur. Zur Vernachlässigung zählen beispielsweise jegliche Form der Vereinfachung, die Durchmischung mit Ausdrücken aus anderen Sprachen oder ökonomisch motivierte Rechtschreibreformen.

Diese Reihe von Werten, die gegenwärtig nicht im Vordergrund stehen oder von ökonomischen Werten überdeckt sind, lässt sich weiter fortsetzen. An dieser Stelle seien weitere Werte genannt, die in uns wohnen und die für eine wirklich menschliche Kultur bedeutsam sind.

Die Achtung vor dem Anderen
Der Respekt vor dem Schwächeren
Die Kameradschaft, Hilfsbereitschaft und Solidarität
Die kompromisslose Aufrichtigkeit
Die Umgangsformen und das Verhalten
Die Selbstlosigkeit, das Tun für Andere
Die Bescheidenheit und die Großzügigkeit
Die Freiheit und die Möglichkeit der freien Entfaltung
    jedes Einzelnen
Der Wert echter Demokratie und Rechtsstaatlichkeit
Der Wert von Technologien und Innovationen, die die
    Gesellschaft verbessern

Die Sicherheit
Der Wert der Kunst, Kreativität und Fantasie
Die Musik
Der Wert der Ästhetik
Der Wert der Philosophie
Die gemeinsame Geschichte und der Wert der Erinnerung
 an das Negative und Positive dieser Geschichte

Viele dieser Werte stehen außerhalb der engen Grenzen und vertragen sich nicht mit den vorherrschenden und hoch gepriesenen Werten wie Wettbewerb und Konkurrenz, dem Streben nach Geld, Macht und Profit, dem Individualismus und dem Wert des Materiellen und des Konsums. Freiheit, Rechtsstaatlichkeit und Demokratie sind menschlich und unbedingt erstrebenswert, doch in einer Ordnung, in der das Kapital regiert, kaum umfänglich zu erreichen.

Die außerhalb stehenden Werte leiden unter den dominierenden Werten. Sie werden beeinflusst und verdrängt. Die Freiheit, sie wirklich zu leben, ist eingeschränkt.

Eingeschränkt durch den Zwang, sich den vorherrschenden Werten anzupassen und sein Leben wertekonform zu gestalten. Selbst die so oft propagierte und gepriesene finanzielle Freiheit setzt voraus, dass ich mich den Regeln des Kapitals unterwerfe, um sie zu erreichen. Damit schränke ich meine Freiheit ein, indem ich andere Optionen, die mein Leben nicht finanziell, jedoch kulturell oder menschlich verbessern würden, ausblende oder weniger Zeit für sie habe. Der Zwang ist außerdem biologischer bzw. psychologischer Art, da ich dazugehören will und das, was die Mehrheit macht, nachahme.

Eingeschränkt aber auch durch die Maschinerie der psychologischen Einflussnahme, die derart ausgereift und fortgeschritten ist, dass man sich komplett abschotten müsste, um ihr zu entgehen. Welche Freiheit ist in Anbetracht dieser ständigen Beeinflussung möglich? Wir können uns frei fühlen, machen jedoch genau das, was uns die Maschinerie sagt. Wir werden von unseren inneren Werten abgelenkt und hingelenkt zu den Werten, von denen häufig andere profitieren. Unsere Freiheit ist demnach die Freiheit, die nach der Beeinflussung unserer Psyche übrig bleibt. Also das, was wir danach unter Freiheit verstehen. Beispielsweise die Freiheit, mit meinem Geld das kaufen zu können, was ich will.

Für den Erhalt und das Funktionieren unserer ökonomischen Ordnung ist diese Maschinerie essentiell. Bedürfnisse werden geschaffen, die Aufmerksamkeit wird gelenkt. Ich will auch um die Welt reisen, wenn meine Verwandten und Bekannten von ihren Reisen erzählen und ich Reportagen über ferne Länder sehe. Ich werde auch Aktien kaufen, wenn ich mittels permanenter Wiederholung auf sie aufmerksam gemacht werde, obwohl ich nichts davon halte und mir jegliche Erfahrung fehlt. Meine Aufmerksamkeit wird auf ein neues Telefon gelenkt, man könnte auch sagen, ich werde dressiert oder abgerichtet, und ich stelle mich daraufhin in eine lange Schlange, um es als einer der Ersten zu kaufen.

Wie frei kann ich mich unter dieser übermächtigen Beeinflussungsmaschinerie entfalten? Welche Freiheit habe ich wirklich? Gleich ob es sich um Nudging handelt oder um penetrante Werbung, diese Interventionen reduzieren unsere Freiheit.

In Anbetracht der Macht dieser Maschinerie erscheint es fast hoffnungslos, andere Werte in den Vordergrund zu stellen als die etablierten ökonomischen. Hinter jeder Institution stehen jedoch Menschen, die in der Lage sind, diese Werte zu empfinden und zu verstehen. Diese Menschen leben jedoch in dem beschriebenen Werterahmen und haben sich angepasst. Sie dienen ihm und profitieren finanziell und materiell. Sie werden daher ihre Meinung nicht so schnell ändern sondern das Spiel weiterspielen.

Die Frage ist, wann auch sie erkennen, dass das Spiel nicht mehr zeitgemäß und überholt ist. Wann der Zeitpunkt erreicht ist, an dem das alte Ziel des Wachstums und der Überschwemmung mit Produkten nicht mehr ausreicht. An dem sie nicht mehr tolerieren von Ereignissen hin- und hergeworfen zu werden. An dem sie ein neues Ziel einfordern. Ein Ziel, das wirklich Halt gibt. Der Zeitpunkt, an dem es zur Notwendigkeit wird, weil viele Menschen es wollen.

Die Frage ist außerdem, wie flexibel und anpassungsfähig der alte Werterahmen ist. In den letzten 200 Jahren hat er sich als äußerst flexibel erwiesen. Kann er auch zum Zeitpunkt der Notwendigkeit humanitäre und ethische Werte integrieren? Kann er akzeptieren und tolerieren, dass diese über den alten Werten stehen?

Wenn wir die dem Menschen innewohnenden Werte, von denen viele, die unsere Kultur enorm bereichern könnten, von bestimmten ökonomischen Werten überdeckt sind, wiederbeleben, kann eine menschlichere, ethische und humanistische Kultur entstehen. Das wäre zumindest denkbar und befindet sich im Bereich des Möglichen. Für ein neues Spiel brauchen wir neue Werte.

3 Kultur

Wir stecken so tief im ökonomischen Denken, dass es uns schwerfällt, die Dinge nicht durch die monetäre Brille zu sehen. Wir leben schließlich in diesem etablierten Modell und niemand ist ausreichend geschützt davor, dass sein Denken sich nicht auch irgendwann nach ihm ausrichtet. Es fällt schwer, sich eine andere Lebensweise vorzustellen, da wir all unsere Erfahrungen in eben diesem Modell gemacht haben.

In der Geschichte findet man jedoch so zahlreiche und so unterschiedliche Kulturen, die zeigen, wie vielgestaltig menschliches Leben organisiert werden kann. Unser Gehirn ist fähig, vorhandenes Wissen zu kombinieren und Neues zu denken. Und die Gedanken können, trotz aller Versuche sie zu beeinflussen, frei sein.

Wie frei die nun folgenden Gedanken sind, kann ich nicht beurteilen. Sie können vielleicht ein Anstoß sein und dabei helfen, andere Lebensziele und Vorstellungen zu entwickeln als die bisher dominanten. Es ist zu hoffen, dass sich ein besserer Denker findet, als ich es bin, der die Gedanken weiterdenkt und zu ausgereiften Ideen macht.

Familie und Hormone

Während der ersten Jahre meines Studiums hatte ich kaum Geld. Meine Freundin machte eine Ausbildung und nahm die Pille. Vielleicht war es gut, dass wir zu diesem Zeitpunkt keine

Kinder bekamen. Uns fehlten Lebenserfahrung, Selbstkenntnis und jede materielle Grundlage. Medizinisch gesehen wäre es der günstigste Zeitpunkt gewesen, ein Kind in die Welt zu setzen, da es in diesem Alter die geringste Anzahl an Komplikationen und Fehlbildungen gibt. Wir entschieden uns gegen Kinder und nach drei Jahren war die Freundin weg, das Studium noch da.

Es gibt jedoch junge Paare, die eine Familie gründen wollen, sich aber aus finanziellen Sorgen und Ängsten dagegen entscheiden oder die Entscheidung aufschieben und jahrelang verhüten. Was kann es aber Natürlicheres geben, als dass ein sich liebendes Paar ein Kind bekommt? Sicher gibt es sehr mutige Ausnahmen, die ihren Wunsch trotz aller Hindernisse erfüllen oder einfach unvorsichtig sind. Sie werden es später wohl kaum bereuen, so mutig oder unvorsichtig gewesen zu sein.

Doch könnten wir nicht allen Studenten, Auszubildenden und Berufsanfängern, die das Glück hatten, einen Partner zu finden, mit dem sie eine Familie gründen wollen, ihre Ängste nehmen? Könnten wir nicht zumindest dafür sorgen, dass sie ihren Kinderwunsch frei erfüllen und ihre Ausbildung beenden können? Eine günstige Wohnung und ein kostenfreier Kindergartenplatz wären ein Anfang.

Vieles, was unser Leben entscheidend beeinflusst, passiert ungeplant. Natürlich können Sie erst studieren, dann Karriere machen, ein Einfamilienhaus kaufen, das Kinderzimmer vorbereiten, die Pille absetzen und dann mit Ihrem Partner schlafen. Das kann funktionieren. Sie sind vielleicht nicht mehr im besten Alter und die Pille hat Einfluss auf Ihr Verhalten und Ihren Körper genommen, aber ein oder zwei gesunde Kinder sind noch drin. Es kann aber auch sein, dass Ihr Plan nicht aufgeht. Dass Sie keine Kinder bekommen, weil der Partner weg ist oder die Natur Ihren Plan nicht gut findet. Dann haben Sie mehr Zeit für Ihre Karriere und für sich selbst, mehr Geld für den Urlaub und Sie können sich einen Zweisitzer-Cabrio kaufen. Nach Ihrer Karriere fahren Sie dann als Rentner mit dem Wohnmobil nach Kroatien und treffen dort viele Paare, die das genauso machen. Wenig Kinder, viele Wohnmobile. Mit ein oder zwei Kindern ist das natürlich auch möglich, sie sind längst groß und aus dem Haus. Enkelkinder sind eher unwahrscheinlich und so können Sie in aller Ruhe Ihre verkaufte Lebenszeit nachholen, indem Sie herumreisen und sonstigen Vergnügungen nachgehen. Sie machen das, was alle machen. Vielleicht fällt Ihnen nichts Eigenes ein. Haben Sie, geprägt von vierzig Jahren Lohnarbeit in der Industrie, verlernt, selbst zu entscheiden, und schwimmen dann halt mit?

Warum schreibe ich das? Wohin haben mich meine Gedanken geführt? Vom Kind zum Rentner. Das eben gemalte Bild werte ich weder als gut noch als schlecht und niemandem kann man vorwerfen, sein Leben so zu verbringen. Es ist lediglich eine Beobachtung, die aus meiner Sicht beachtenswert ist und erwähnt werden musste, schon allein aus dem Grund, sie nicht unbedingt zu wiederholen, unsere Kinder nicht zu Rentnern zu machen. Selbstverständlich gilt das nur für diejenigen, die das wollen bzw. die kein standardisiertes Leben wollen.

Kinder bekommen ist nicht mehr Standard. Es ist nicht mehr das, was man so macht. Es ist ein Aspekt von vielen in der individuellen Lebensplanung. Er muss sich den Zukunftssorgen und Ängsten, den wirtschaftlichen und individuellen Werten unterordnen. Das Kind steht in Konkurrenz zur Karriere, zum Haus, zum Auto, zur Weltreise, zur Selbstverwirklichung. Dabei geht das alles auch mit Kindern.

Der Geburtenrückgang ist die Folge unserer Zukunftsangst, unserer Planung, der zusätzlichen Hormone, des Wertewandels hin zu materiellen Werten, unseres Eigennutzes – der Fokussierung auf uns selbst. Natürliche Wünsche werden untergeordnet unter Bedingungen, die kein Naturgesetz sind, sondern von Menschen geschaffen wurden und sich zum Teil gegen die menschliche Natur richten. Was könnte man anders machen?

Nicht so viel planen, sondern dem Zufall eine Chance geben. Keine Hormone schlucken. Sich seiner wirklichen Bedürfnisse bewusst werden und erkennen, welche lediglich von außen kommen und keine echten Bedürfnisse sind. Sich selbst etwas zurücknehmen und seine Aufmerksamkeit auf die Menschen in seiner Umwelt lenken. Auf die innere Stimme hören und zuversichtlich sein statt ängstlich.

Sollten wir nicht eher Zukunftsangst haben, weil wir kaum noch Kinder bekommen, statt Angst, dass wir welche bekommen?

Natur und Irrtum

Wir haben ein sehr gut vernetztes Gehirn. Es besteht aus Milliarden von hemmenden und erregenden Nervenzellen, die miteinander kommunizieren. Wir können damit wunderbare Dinge schaffen. Wir können uns aber auch wunderbar irren. Es gibt Phänomene, für deren umfängliches Verständnis unser Gehirn scheinbar oder tatsächlich zu klein ist. Dieser Schwäche sollten wir uns bewusst sein.

Häufig irren wir bei Dingen, die die Natur betreffen. Sie ist so viel älter und so viel erprobter, als wir es je sein können, und doch gibt es Menschen, die sich über sie stellen und meinen, sie kontrollieren oder bezwingen zu können. Dabei gehören sie selbst zur Natur und sind ihren Gesetzen unterworfen.

Diese Überhöhung ist auch eine Leistung unseres Gehirns. Wir können uns groß und mächtig fühlen. Doch gerade wenn wir in die Natur eingreifen und versuchen sie zu manipulieren, ist diese Selbstüberschätzung gefährlich. Wir können relativ gut technisch und rational denken, haben aber weniger Verständnis für mit der Mathematik schwer beschreibbare nichtlineare Vorgänge.

Sollten wir uns anmaßen mit mathematischen Modellen und Statistiken Vorhersagen bezüglich der Auswirkungen von Eingriffen in die Natur zu machen? Im Kleinen mag das funktionieren und es ist keine Frage, dass unser biologisches Verständnis in vielen Bereichen, sei es synthetische Biologie oder Gentechnik, enorm gewachsen ist. Werden die Dinge jedoch größer und komplexer, versagen wir. Da genügen auch Milliarden vernetzte Nervenzellen mit ihren unendlichen Kombinationsmöglichkeiten und Ideen nicht.

Beispielsweise ist es möglich, ein spezielles Virus herzustellen und den passenden Impfstoff gleich dazu zu entwickeln. Dazu sind wir in der Lage und bis zu diesem Punkt ist die Komplexität überschaubar.

Die Dynamik der Verbreitung und die Veränderungen, die Mutationen eines Virus sowie die langfristigen Folgen von Impfungen können wir kaum vorhersagen. Die Komplexität wird zu groß und wir können uns nur durch das Beschreiben der Beobachtungen und dem Stellen von Fragen der Wahrheit annähern. Was kann es für Folgen haben, wenn wir gegen eine große Zahl an Erregern geimpft werden? Der Körper entwickelt durch die Impfung Antikörper, sein Immunsystem wird angeregt. Wie werden die Erreger darauf reagieren? Welche Auswirkungen haben Impfungen auf die Gesundheit und Widerstandskraft der Bevölkerung? Welche auf die Entwicklung des Bevölkerungswachstums? Sind positive und negative Szenarien vorstellbar? Man kann auch die grundlegende Frage stellen: Kann es wirklich für uns langfristig von Vorteil sein, wenn wir in die Natur eingreifen?

In Anbetracht der hohen Sterblichkeit bei Pandemien wie Pest oder spanischer Grippe ist die Abwägung schwierig. Eine mögliche Antwort wäre, nur gegen Erreger mit sehr hoher Sterblichkeit zu impfen.

Unsere technologischen Fähigkeiten auf dem Gebiet der Biologie können natürlich dazu verleiten, sie für die Steigerung der Profite der Biotechnologie- und Pharmaunternehmen zu nutzen. Wenn ich ein Virus herstellen kann, das relativ harmlos ist, sich jedoch stark verbreitet, besteht die Möglichkeit, es in Umlauf zu bringen mit dem Ziel, den passenden Impfstoff milliardenfach zu verkaufen. Bezahlt wird er mit Steuergeld, das dann an anderen Stellen fehlt. Das Risiko von Impfschäden übernimmt ebenfalls der Staat und nicht der Hersteller. Ein wirklich schlechter Gedanke, doch in unserem Werterahmen durchaus vorstellbar. Wir sind schließlich zu viel Schrecklicherem in der Lage.

Diese gedankliche Abschweifung verdeutlicht unsere Schwäche, mit komplexen Phänomenen angemessen umzugehen. Unsere Gesellschaft ist ebenso ein komplexes Gebilde und dieser Aufsatz vielleicht ein hoffnungsloses Unterfangen. Und doch bleibt uns nichts anderes übrig, als das Vorhandene zu beschreiben, zu versuchen, es zu verstehen und uns weiterzuentwickeln. Das Wissen um unsere kognitive Schwäche bei großer Komplexität kann dazu führen, dass wir empirischer und skeptischer beobachten und hinterfragen, statt voreilig Schlüsse zu ziehen.

Ein weiteres Beispiel ist das Klima auf unserem Planeten. Laut der gegenwärtigen wissenschaftlichen Datenlage ist die Wahrscheinlichkeit einer Erwärmung größer als die Wahrscheinlichkeit einer Abkühlung. Außerdem wird angenommen und mit Daten belegt, dass der Ausstoß von CO_2 für die Erwärmung verantwortlich ist. Diese beiden wissenschaftlichen Schlussfolgerungen gelten mittlerweile als Fakten und bewiesene Tatsachen. Müssen wir deshalb aber in unserem Denken bei diesen Ergebnissen stehenbleiben? Sollten wir sämtlichen Einsatz auf dieses Feld setzen? Sollten wir also unsere Gesellschaft allein auf dieser Grundlage umbauen?

Was ist, wenn wir uns irren und es kommt wie im 17. Jahrhundert, zu einer Kälteperiode mit langen Wintern und kurzen kühlen Sommern? Das würde den Prognosen widersprechen. Aber sollten wir nicht auch auf dieses Szenario vorbereitet sein? Wir könnten doch für beide Varianten, die Erwärmung und die Abkühlung, Strategien entwickeln. Das würde uns wirklich resilient oder gar antifragil machen. Ein starker zusätzlicher CO_2-Ausstoß wäre beispielsweise eine Option, die bei eintretender Abkühlung angewendet werden könnte.

Die Schlussfolgerung, dass das CO_2 für die Erwärmung verantwortlich ist, beruht auf Daten, Modellen, Experimenten und Theorien, es gibt jedoch viele weitere Faktoren, die eine große Rolle spielen könnten aber weniger gut untersucht sind.

Die Beeinflussung des Wasserkreislaufs durch die Schaffung von riesigen Verdunstungsflächen durch Abholzung, Bodenversiegelung und landwirtschaftliche Nutzung hat möglicherweise einen ebenso starken oder sogar stärkeren Einfluss auf unser Klima. Wald ist ein riesiger Wasserspeicher und gleichzeitig ein enorm produktives und artenreiches Ökosystem. Wird er vernichtet, gelangt mehr Wasser in die Atmosphäre, das mittels Niederschlägen und Unwettern wieder herunterkommt und wiederum schnell verdunstet. Es fehlt im Boden. Eine Vergrößerung der Waldfläche kann zur Kühlung und zur Verringerung der Anzahl an Unwettern beitragen.

Starke Bauaktivitäten vergrößern einerseits die Oberfläche der Erde und damit die Angriffsfläche für die Sonne, andererseits binden sie eine große Menge an Wasser. Anders als wir uns das vielleicht vorstellen, verdunstet ein großer Teil des Wassers, das wir dem Kies und dem Zement zufügen, um Beton zu erhalten, nicht. Es verändert durch Hydratation seine Struktur und bleibt im Beton gebunden. Zement kann vierzig Prozent seiner Masse an Wasser binden. Der Beton ist zwar hart und trocken, doch das Wasser steckt noch in ihm drin. Dieses Wasser ist unserem globalen Wasserkreislauf entzogen. Auch wenn die genaue Menge, die auf diese Art verschwindet, nicht bekannt ist und sie im Verhältnis zur gesamten Wassermenge gering sein mag, könnte ihr Verlust das Klima beeinflussen. Entzieht der Bau von Megastädten dem Wasserkreislauf so viel Wasser, dass das Auswirkungen auf das Leben hat? Wird bei geringer werdender globaler Wassermenge auch das Leben weniger? Wir bestehen schließlich zu siebzig bis achtzig Prozent aus Wasser. Die Mehrheit der Lebewesen besteht zum größten Teil aus Wasser.

Neben diesen Faktoren, die wenig Beachtung finden, gibt es zahlreiche weitere. Dem einflussreichsten Faktor, der Aktivität der Sonne, sind wir unterworfen. Wir wissen nicht und können nicht vorhersagen, wie sich die Turbulenzen in Zukunft entwickeln werden. Trotz der scheinbar erkennbaren Zyklen ist die Sonnenaktivität von großer Unregelmäßigkeit gekennzeichnet. Ist uns das bewusst, können wir damit umgehen und uns vorbereiten, indem wir Handlungsoptionen schaffen und die Handlungen durchführen, mit denen wir Einfluss nehmen können. Beispielsweise also die Waldfläche vergrößern, keinen Boden mehr versiegeln, kleinflächige Landwirtschaft betreiben und nicht mehr mit Beton bauen.

Wir könnten uns nicht auf wenige oder gar nur einen Faktor beschränken, der vielleicht in der Handhabung einfach erscheint, sondern alle bekannten Faktoren betrachten und nach weiteren, bisher unbekannten suchen. Und wir könnten verhindern, dass die Faktoren, von denen bestimmte Interessengruppen finanziell profitieren, in den Vordergrund gespielt werden.

Natürliche Phänomene sind vielschichtig. Unsere Herangehensweise beim Versuch, sie zu verstehen sind ebenso vereinfacht wie die resultierenden Erklärungen. Das führte und führt zu zahlreichen Irrtümern. Viele Theorien und Modelle halten sich über lange Zeiträume. Sie sind entweder schwer falsifizierbar, die Trägheit und Bequemlichkeit unseres Denkens lassen sie überdauern oder es gibt Menschen, die gegen eine Veränderung und Erweiterung unseres Wissens arbeiten.

Sieben Jahre habe ich mich intensiv mit Neurobiologie, speziell mit der Großhirnrinde unseres Gehirns, beschäftigt. Ich wollte die Funktion des Netzwerks aus so zahlreichen verschiedenen und wunderschönen Zellen verstehen. Ich züchtete kleine Netzwerke aus lebendigen Nervenzellen, mikroskopierte sie und beobachtete ihre elektrische Aktivität. Dazu saß ich im Labor und am Schreibtisch, las zahllose Veröffentlichungen, kombinierte und verglich sie mit meinen Ergebnissen. Ich kam zu dem Schluss, dass schwache elektrische Felder eine viel größere Rolle bei der Kommunikation zwischen den Nervenzellen spielen als angenommen und dass die Chemie, also die chemische Übertragung von Signalen an den Synapsen, weniger Bedeutung für unser Denken hat.

Die Theorie der chemischen Übertragung ist noch relativ jung, jedoch verständlich und logisch erklärt, also gut gemacht. Außerdem ist unsere Hirnaktivität durch chemische Substanzen manipulierbar. Es gibt also viele Gegenargumente gegen meine Schlussfolgerungen. Erklärt man die Funktion als größtenteils chemisch, hat außerdem die Pharmabranche ein Feld, auf dem sie sich austoben kann. Psychopharmaka für sämtliche neurologischen Erkrankungen werden entwickelt und vermarktet.

So wird sich diese Theorie als Erklärung für die Übertragung von Signalen von Nervenzelle zu Nervenzelle wohl so lange und hartnäckig halten wie die Theorie des Springens von Aktionspotentialen entlang der Ranvierschen Schnürringe. Vielleicht erinnert sich der ein oder andere Leser noch an diese Theorie aus dem Biologieunterricht seiner Schulzeit.

Man kann mit Irrtümern leben, wenn sie nicht lebensbedrohlich sind. Wir sollten uns aber immer bewusst sein, dass wir uns irren können und das auch häufig tun. Und dass diese Irrtümer zu unvorhersehbaren Folgen führen können.

Es ist nicht auszuschließen, dass die Grundlagen unserer gegenwärtigen Gesellschaft auch ein Irrtum sind. Möglicherweise sogar ein bewusst tolerierter Irrtum, also eine vorsätzliche Lüge oder List, die nicht offensichtlich wird, also ebenfalls gut gemacht ist. Wir haben ihr die Steigerung der materiellen Lebensqualität zu verdanken. Die Verringerung des Mangels.

Vielleicht irren wir uns jedoch, wenn wir meinen, unsere Lebensqualität wird größer, wenn wir immer mehr Produkte herstellen. Keine Theorie ist endgültig, das Leben befindet sich in ständigem Fluss. Wir sollten immer wieder überprüfen, ob die Theorie, nach der wir unser Leben ausrichten, noch in die Zeit passt.

Dinge und Wachstum

Unter dem Anreiz des Profitstrebens bringen wir ständig neue Dinge in die Welt. Idee – Produkt – Profit, Idee – Produkt – Profit und immer so weiter, als Endlosschleife. Das Prinzip scheint so fest verankert, dass es schwerfällt etwas anderes zu denken. Idee – Produkt – Schönheit, Idee – Zusammenkommen – Gestaltung, Leben – Zufall – Verbesserung, Leben – Verlust – Vereinfachung oder keine Idee – Zufriedenheit. Wie könnte es anders gehen? Bewegung und Veränderung sind Grundeigenschaften des Lebendigen, aber muss die Bewegung in diese Richtung gehen? Müssen wir immer neue tote Dinge herstellen? Welche weiteren Richtungen wären möglich?

Wer stellt sich die Frage, ob Erfindungen aus dem Silicon Valley, deren einziger Anreiz es ist, Profit zu machen, das Leben überhaupt verbessern können? Oder ob sie nicht lediglich dazu dienen, das für unsere Ordnung notwendige Wachstum aufrechtzuerhalten. Sollten Erfindungen nicht andere Anreize haben? Das Argument, dass sie einen Nutzen haben müssen, um erfolgreich zu sein, trifft immer seltener zu. Oft werden neue Bedürfnisse erst geschaffen, um ein Produkt zu verkaufen. Und diese neuen Bedürfnisse verändern unser Leben. Sie bestimmen über die Zukunft unserer Gesellschaft.

Wir könnten uns fragen, ob die Kommunikation über das Smartphone unser Leben wirklich verbessert. Ob wir einige Reiche als Weltraumtouristen zum Mond schießen und dabei begrenzte Ressourcen verschwenden wollen. Ob wir uns mit Medikamenten vollstopfen lassen, um zu funktionieren, oder unser Leben umstellen. Ob wir alles im Internet bestellen und dafür den Retailhandel in den Innenstädten opfern. Ob wir uns mit Robotern umgeben wollen oder mit Menschen.

Wenn man wirklich etwas verbessern will, dann darf es nicht in erster Linie um finanziellen Gewinn gehen. Nehmen wir die Zahlen, den ökonomischen Erfolg als Wert weg und sehen, was bleibt! Versuchen wir, ohne diesen unser Leben durchziehenden Grundgedanken zu denken! Was setzen wir an die Stellen des Geldes und der Dinge? Was ist wirklich etwas wert und verbessert unser Leben?

Ich erfinde eine bessere Art und Weise, Schüler individuell zu fördern trotz Lehrermangel und veraltetem Schulsystem. Damit ist kein Geld zu verdienen, aber es verbessert die Gesellschaft.

Ich gründe eine Denkfabrik und sammle Ideen, um sie, wenn und falls sie gebraucht werden, zu besitzen und einsetzen zu können. Damit ist kein Geld zu verdienen, aber es könnte wichtig und notwendig sein.

Ich schreibe gesellschaftskritische Gedichte. Die Menschen wollen lieber etwas Lustiges, zumindest Positives und Unterhaltsames lesen. Damit ist kein Geld zu verdienen, aber es macht auf Missstände aufmerksam.

Ich gestalte einen Garten, um etwas Schönes zu schaffen, gesundes Gemüse zu ernten und den Kindern die Natur näherzubringen. Damit ist kein Geld zu verdienen.

Ich kümmere mich um die Schwachen, meine Angehörigen

und Freunde. Ich verzichte und verringere meine Ansprüche. Ich trenne mich von Dingen.

Ich arbeite um der Arbeit willen, ohne Zeitdruck und mit dem Ziel, etwas Schönes entstehen zu lassen. Auf die Frage, warum ich das denn mache, lautet meine Antwort: darum. Aus Freude am Tun.

Das sind lediglich einige Beispiele, die zum Nachdenken anregen können und mit denen ich die Basis unserer Ordnung hinterfrage bzw. ihre Nachhaltigkeit in Frage stelle. In der gegenwärtigen Logik funktioniert ein Raus aus dem Wachstum, ein Raus aus der Lohnarbeit nicht. Es sind jedoch andere Ordnungen und Logiken denkbar, in denen gerade Wachstum und Lohnarbeit nicht funktionieren.

Bleiben wir beim Wachstum. Es wird zumindest seit der Veröffentlichung des Club of Rome im Jahr 1972 viel von den Grenzen des Wachstums geredet. Ich denke jedoch, dass es unbegrenztes Wachstum gibt. Trotz der beschriebenen Schwäche unseres Gehirns, mit komplexen Dingen fertig zu werden, ist es dazu in der Lage, immer neue Ideen zu generieren. Diese Fähigkeit macht unbegrenztes Wachstum möglich. Das plastische Netzwerk aus Neuronen kann Erfahrungen und Wissen kombinieren und etwas vollkommen Neues erschaffen. Oder es probiert herum, macht Fehler und entdeckt durch Zufall etwas Neues. Das Neue fällt ihm zu.

Ein Wachstum, das auf endlichen Ressourcen gründet, ist dagegen begrenzt. Wir könnten Bodenschätze auf dem Mars finden und zur Erde transportieren oder den Mond abtragen, um noch mehr Dinge herzustellen. Dann ergäbe sich vielleicht eine andere Begrenzung. Gegenstände und Müllberge könnten so viel Platz beanspruchen, dass sie das Leben verdrängen.

Kreative Recycling-Ideen würden das Problem etwas verringern. Es ist demnach keine gute Idee, sich auf das begrenzte ressourcenabhängige Wachstum zu konzentrieren.

Dem kreativen Wachstum sind keine Grenzen gesetzt. Entscheidend ist aber, wofür ich meine Kreativität einsetze. Wurde ich durch die Standard-Institutionen geschleust und bin so stark angepasst, dass mein Gehirn in Produkt- und Gewinnkategorien denkt, erfinde ich vielleicht ein Produkt, das sich weltweit verbreitet und mich zum Milliardär macht. Danach versuche ich mein Vermögen weiter zu vermehren, indem ich es wiederum in Unternehmen investiere, die Produkte herstellen. Oder ich versuche, mein Gewissen zu beruhigen und bringe mein Geld in einer Stiftung gegen Armut und für Naturschutz in Sicherheit.

Eine andere Möglichkeit wäre, den Bildungsinstitutionen weitgehend fernzubleiben und zu versuchen, die eigenen Werte, Talente und Fähigkeiten zu entdecken. Eigne ich mir Wissen zu Themen an, die mich wirklich interessieren, und spüre ich, dass das, was ich mache, mir entspricht, ich es also tun muss, dann, ja dann wachse ich selbst und trage gleichzeitig zum Wachstum der Kultur bei, in der ich lebe. Natürlich kann das auch zu finanziellem Reichtum führen. Mit ihm kaufe ich mir die Zeit, also die Freiheit, weiter meinen Interessen nachzugehen, mich weiterzubilden und besser zu werden. Damit bereichere ich wiederum die Gesellschaft.

Ein weitaus größerer Anreiz als das Streben nach Profit kann es sein, Dinge zu tun, die nützlich, schön und sinnstiftend sind. Das könnte eine vielfältige Wirtschaft entstehen lassen, die aus vielen kleinen Unternehmen besteht. Sie wäre wesentlich widerstandsfähiger als eine Wirtschaft, die von einigen riesigen Unternehmen dominiert wird. Statt dass es in jeder Branche einen Gewinner gibt, der alles bekommt, würde sich der Gewinn auf viele Kleine verteilen.

Eine Wirtschaft kann qualitativ wachsen, indem sie nicht mehr Produkte, sondern bessere Produkte herstellt. Das könnte sogar ohne die Schaffung neuer Märkte und ohne ein Wachstum der Anzahl an Konsumenten funktionieren. Neben dem qualitativen Wachstum liegt im ökologischen und im sozialen Wachstum enormes Potential. Wenn wir in unserem Denken über die alten ökonomischen Glaubenssätze hinauswachsen und unser Gehirn für das Generieren von Ideen nutzen, die nicht monetär getrieben sind, ist eine nachhaltige Wirtschaft, die der Gesellschaft dient und die Umwelt schützt, möglich.

Bildung und Stagnation

Für die Weiterentwicklung der Wirtschaft und unserer Gesellschaft müssen wir uns selbst weiterentwickeln. Dazu dürfen wir uns nichts von außen überstülpen lassen. Wenn wir davon ausgehen, dass die Anderen es besser wissen, wird sich nichts ändern.

Wir können anders denken: Nein, ich weiß es besser, weil ich selbst gesucht habe. Weil ich das Alte hinterfrage, statt es einfach anzunehmen. Weil ich meine Macht erkenne und nutze. Weil ich mich bilde und damit die Grenzen erweitere. Wir könnten uns von den alten Glaubenssätzen emanzipieren und zu einem Gestalten auf Grundlage der eigenen Werte kommen. Wir könnten der Tristesse der Gegenwart etwas entgegensetzen.

Eine funktionalisierte Bildung führt zu funktionalisierten

Menschen. Elite-Unis fokussieren ihre Studenten auf die Wirtschaft, erzeugen eine gerichtete Geisteshaltung und machen sie zu getriebenen Dienern. Etwas verschärft ausgedrückt, könnte man die Absolventen, die nach dem Studium meist viel verdienen, als reiche Sklaven bezeichnen. Sie erhalten den stagnierenden Kreislauf aufrecht. Sie sind aus ihrer Sicht erfolgreich und bemerken vielleicht gar nicht, dass ihr Erfolg nur finanzieller Art ist und das Geld lediglich dazu dient, dass sie genau das machen, was sie machen sollen.

An vielen Universitäten führen Zeitverknappung und die Beschränkung auf wenige Fächer oder gar auf ein einziges Fachgebiet zu einer oberflächlichen Bildung. Wir könnten in den ersten Studienjahren versuchen, den Studenten ein umfassendes Bild der Welt zu vermitteln, statt ihnen sofort fachspezifisches Wissen einzutrichten. Zusammenhänge können so besser erkannt werden und das eigene Handeln wird in einem Kontext wahrgenommen. An den angeblich besten Universitäten der Welt wird das so gemacht, doch der Kontext ist hier meist die Ökonomie und nichts darüber hinaus. Wir könnten den Studenten wieder mehr Zeit geben, sich allgemein und ihren Interessen gemäß zu bilden.

Ja, ich höre schon den Kanon der Alten: Diese Langzeitstudenten, wir wurden damals auch nicht gefragt und mussten unser Studium durchziehen. Ja, das mussten Sie, aber was wäre vielleicht aus Ihnen geworden, wenn Sie mehr Zeit gehabt hätten? Wenn Sie mehr Optionen kennengelernt hätten? Vielleicht hätten Sie sich selbständig gemacht, statt ihr Leben lang für jemanden zu arbeiten. Vielleicht hätte Sie neue Neigungen und Fähigkeiten entdeckt.

Ich bin an dieser Stelle ein schlechtes Beispiel, denn ich

habe mein Studium schleifen lassen, bin spät aufgestanden und spät ins Bett gegangen, habe in Büchern nach Antworten gesucht und mich in Antiquariaten herumgetrieben. Bin lieber spazieren oder angeln gegangen als zur Vorlesung. Meine Studienordnung erlaubte mir diesen Schlendrian. Sie dürfen mich gern dafür verurteilen.

Ich wusste nicht, was ich nach der Schule wirklich wollte. Sie hat mir kaum dabei geholfen, das herauszufinden. Die Fächerauswahl war relativ begrenzt. In Sport und Biologie war ich gut. Zu Deutsch hatte ich eine Affinität und Musik konnte ich durch acht Jahre Konservatorium. Wirtschaft und Finanzen kamen nicht vor und kommen es bis heute kaum. In einer Welt, die von Wirtschaft und Kapital dominiert wird, lernen unsere Kinder in der Schule nichts darüber. Ein sehr fragwürdiger und beachtenswerter Umstand. Die Vielfalt der Berufswelt war mir nicht bewusst. Mir fehlten die Optionen. Vielleicht musste ich mir nach der Schule deshalb so viel Zeit nehmen. Zeit, um Orientierung zu schaffen und das nachzuholen, was die Schule nicht geschafft hatte. Meine Faulheit ist damit jedoch nicht zu rechtfertigen.

An den Schulen liegt der Fokus auf den sogenannten Hauptfächern. Keine Frage, die Sprache der Mathematik und das Erlernen der Muttersprache sind essentiell und Voraussetzung für die eigene Weiterentwicklung. Doch sind Kreativität, Körperbeherrschung oder die Kenntnis der Natur weniger wichtig? Warum ist Biologie kein Hauptfach? Ist es nicht die Grundvoraussetzung für den Erhalt unseres Lebens, das Leben, zu dem wir selbst gehören, besser zu verstehen? Mathematik und Sprachen nutzen mir gar nichts, wenn ich meine natürlichen Lebensgrundlagen zerstört habe.

Mein Vorschlag ist die Gleichberechtigung aller Fächer.

Musik, Sport, Kunst und Philosophie sind genauso bedeutend wie Mathematik, Deutsch und Englisch. Zusätzlich könnten wir das Fächerspektrum erweitern. Der Umgang mit Geld, Entrepreneurship und Wirtschaft könnten genauso Schulstoff sein wie Meinungsfreiheit, Diskussionskultur und Naturschutz. Dabei können die Schüler selbst das Spektrum erweitern. Mit den Facetten der Digitalisierung von Blockchain bis Künstliche Intelligenz, digitaler Identität oder neuer Musik kennen sie sich oft am besten aus.

Das Entscheidende bei all diesen Fächern und Themen ist jedoch das Nachdenken über die Dinge. Ich muss bewerten und anwenden, muss einen Zusammenhang zwischen verschiedenen Phänomenen herstellen können. Empirisch denken, skeptisch hinterfragen und mir ein eigenes Bild machen. Das kann nicht durch Quantität und Uniformität erreicht werden, sondern nur durch Qualität und Vielfalt. Eine Verschulung und Vereinheitlichung der Bildung führt zur Beschränkung der Freiheit und damit zur Beschränkung der Bildung. Es entstehen immer mehr Experten und Spezialisten, denen jedoch der Blick für das Ganze fehlt. Diese Experten schaffen ein fachspezifisches Wissen, von deren Richtigkeit und Gültigkeit sie überzeugt sind. Politik und Wirtschaft können sie und ihre Erkenntnisse benutzen, um ihr Handeln zu rechtfertigen. Die Wissenschaft wird einfach vorgeschickt und vorgeschoben. Das führt zu Fehlern und zu kurzsichtigen Entscheidungen. Solange diese Fehler im Rahmen bleiben, nicht das Leben zerstören, kann man sie vielleicht als menschlich tolerieren oder sich über sie lustig machen. Sie können jedoch auch gravierende und tödliche Folgen haben.

Fehler an sich sind gut, denn das Erkennen und das Interpretieren der Fehler sind Basis und Voraussetzung für die

Entwicklung neuer Ideen, für das Entstehen neuen Wissens. Wir lernen aus Fehlern. Aber Fehler, die aus einem Rückschritt in der Bildung resultieren, aus der Produktion von Experten und Spezialisten in unseren Bildungseinrichtungen, sind häufig alte Fehler, die in der Geschichte schon begangen wurden. Sie wären vermeidbar. Wissen kann falsch interpretiert werden und in die Irre führen. Wir sollten es nicht leichtgläubig hinnehmen und darauf achten, dass es nicht für finanzielle Interessen missbraucht wird.

Statt der Experten mit ihrem vermeintlich politikrelevanten Spezialwissen brauchen wir allgemein gebildete, engagierte Kritiker. Menschen, die Dinge verstehen, anzweifeln und hinterfragen. Also mündige Bürger. Wir könnten uns also als Ziel setzen, unsere Kinder zu mündigen Bürgern werden zu lassen, die die Gestaltungsmacht über ihr eigenes Leben besitzen. Die das Selbstvertrauen haben, ihr Leben selbst in die Hand zu nehmen. Das schafft Vielfalt, das schafft aber auch eine Kraft und Dynamik, die den Mainstream ändern, die etwas Neues schaffen kann.

Macht und Leere

Die Frage der Bildung ist also eine Frage der Macht. Der Macht, Veränderungen zu bewirken oder eben den Status quo zu erhalten. Eine gebildete Bevölkerung stellt andere Ansprüche als eine ungebildete und die Auffassung, dass man durch die Bildung der Massen die nächste Revolution vorbereitet, mag richtig sein. Aber eine Revolution einer gebildeten Bevölkerung führt zu einer Weiterentwicklung und wird deshalb von einer integren Regierung, die sich ihrer Aufgabe bewusst ist, nicht unterdrückt, sondern gefördert. Wenn sie sieht, dass etwas Besseres entsteht, macht sie gern den Weg frei und lässt das Neue gewähren. Denn ihr geht es allein um die Verbesserung der Gesellschaft. Das ist das Grundmotiv ihrer Politik. Und diese Verbesserung ist durch die Bildung der Vielen erreichbar.

Stellt die Regierung hingegen ihr Interesse des Machterhalts über das Interesse der Bevölkerung, ist sie als Regierung ungeeignet. Sie verwaltet, vergrößert selbstgefällig ihren Verwaltungsapparat und verhindert Veränderungen. Einer wirklichen Regierung geht es um die Bevölkerung, sie stellt sich in ihren Dienst.

Hohe Bezüge locken Menschen in die Politik, denen es eben um diese Bezüge geht. Sie sind ungeeignet, um für die Allgemeinheit Entscheidungen zu treffen. Sie handeln im Eigeninteresse und verschaffen sich persönliche Vorteile. Sie sollten aus dem Amt gejagt werden.

Menschen, die die Macht über andere Menschen anstreben, sind ebenfalls ungeeignet. Es geht ihnen nicht darum, ihre Macht zu nutzen, um etwas für die Allgemeinheit zu machen, sondern sie machen lediglich etwas für sich. Statt also die Macht über sich selbst zu erlangen, kompensieren sie die Unfähigkeit dazu, indem sie Macht über andere ausüben. Sie sind möglicherweise unzufrieden mit sich selbst, müssen Kindheitstraumata kompensieren oder haben ein übersteigertes Streben nach Bedeutsamkeit. Acht Milliarden Menschen auf unserer Erde wollen auf irgendeine Art bedeutsam sein. Wo sind die Menschen, die bescheiden und zufrieden sind und gerade dadurch ihren Beitrag leisten? Die Menschen, denen bewusst ist, dass sie fehlbar sind, dass sie nur ein Einziger unter den acht Milliarden sind, dass sie auch nur ein einziges kleines Gehirn haben?

Mein Vorschlag ist es, den Verwaltungsapparat zu verkleinern. Wir würden sehr gut mit einem halbierten Parlament auskommen. Relativ geringe Bezüge der Parlamentarier könnten dazu führen, dass mehr von den Menschen in die Politik gehen, denen es um die Sache geht und nicht um eine Karriere. Diese Menschen könnten verschiedene Kompetenzen haben, so dass ein breiter Wissensschatz entsteht, eine Basis, auf der man zu durchdachten Lösungen kommt. Historiker, Kreative, Soziologen, Biologen, Mediziner und Philosophen gehören genauso ins Parlament wie Juristen und Volkswirte.

Sie sollten allein nach ihren Taten beurteilt werden und nicht nach ihren Worten. Dabei sollte es sich bei den Taten nicht darum handeln, für jede Kleinigkeit ein neues Gesetz zu erlassen. Die gegenwärtige Gesetzesfülle schafft eine Unklarheit und damit viele Möglichkeiten, Gesetze zu umgehen. Sie führt zur Streitsucht und zum Verlust des Wesentlichen. Weniger und eindeutige Gesetze schaffen Klarheit und Rechtssicherheit.

Außerdem sollten sie für ihre Taten die Verantwortung übernehmen. Wenn ich in meinem Leben einen Fehler mache, habe ich die Konsequenzen zu tragen. Ist das hingegen nicht der Fall, habe ich nichts zu verlieren, dann kann ich mir alles erlauben und neige zu unüberlegtem Handeln. Möglicherweise gebe ich unter diesen Umständen das Steuergeld den Pharmaunternehmen, statt es für das Reformieren des Bildungssystems oder für kostenlose Kindergartenplätze auszugeben.

Politiker sind Vorbilder. Sie gehen voran, stellen sich hin und zeigen durch ihr Auftreten und Handeln ihre eigenen Werte. Es scheint, als seien sich viele von ihnen dieser Rolle und der Verantwortung, die mit ihr einhergeht, nicht bewusst.

Menschen ihre Freiheit zu lassen bedeutet nicht, ihnen

keine Normen und Werte an die Hand zu geben, nach denen sie sich richten können. Eine Regierung, die das versäumt oder gar nicht erst in Betracht zieht, überlässt ihre Bevölkerung den Kräften des Marktes, der Medien, religiöser Vereinigungen und allen anderen Interessengruppen. Sie lässt sie in gewisser Weise allein.

Nun ist aber genau dieses Alleinlassen die Folge der Werte der Freiheit, der Rechtsstaatlichkeit und des freien Marktes, die die Regierung propagiert. Die Werte, die sie den Bürgern an die Hand gibt, nehmen ihr gleichzeitig die Last der Verantwortung. Sie wird an den einzelnen Bürger, das Rechtssystem und den Markt übertragen. Er reguliert sich selbst. Die Politik kann ihre Arbeit auf das Diskutieren, Lamentieren und das Formulieren zahlloser neuer Gesetze beschränken. Die Gesetzesinhalte werden weitestgehend von den mächtigsten wirtschaftlichen Akteuren bestimmt. Die Politik ordnet ihre Macht unter und lässt die Dinge laufen.

Wohin führt diese Regierungsform? Was macht sie mit den Menschen und der Gesellschaft? Sie kann zu mehr Selbstverantwortung und Eigeninitiative, aber auch zu Resignation und Enttäuschung führen. Zu Reichtum und Armut. Vielleicht überschätzen wir die Selbstregulierungskräfte unserer Ordnung. Aufgrund des Fehlens von anderen Werten als den ökonomischen oder die Ökonomie stützenden entsteht eine relative Leere. Diese Leere wird mit ganz unterschiedlichen individuell sinngebenden Dingen gefüllt oder sie bleibt leer.

Wenn die Leere leer bleibt, geht der Mensch ganz in der Ökonomie auf, er ist eine Maschine, ein Zahlenmensch geworden. Er hält sich an den Zahlen fest. Fügt sich ein in den Kreislauf des Geldes.

Vielen genügt das nicht und sie suchen einen anderen

Halt. Es bilden sich verschiedene Gruppen, die ihre Leere jeweils mit etwas anderem füllen. Sie entwickeln sich auseinander und verstehen sich nicht mehr. Es gibt keine Basis, keine Einheit, keinen Kanon, den man zusammen singen kann. Das Bewusstsein, dass sie zusammen eigentlich eine Klasse bilden, geht verloren. Ein solcher Haufen aus verschiedenen Gruppen unterschiedlicher Gesinnung lässt sich leicht regieren. Keine wird so mächtig, dass sie etwas verändern könnte. Bis auf die Gruppe der Zahlenmenschen. Sie will aber nichts verändern, da sie von den Verhältnissen profitiert.

Man kann unter diesen Umständen nicht genau sagen, was ein Land außer seiner Ökonomie kennzeichnet, was typisch und besonders ist oder welche Traditionen es gibt. Man könnte nur sagen, dass genau das, diese Diversität in den Anschauungen und Meinungen, das Kennzeichen ist. Sie ist ein hohes und schützenswertes Gut und es besteht die Gefahr, sie zu verlieren. Selbst wenn ein Interesse daran besteht, dass alle genordet und DIN-genormt in dieselbe Richtung denken, darf jeder seine Meinung äußern. Und jeder sollte das ohne Angst und trotz Cancel-Kultur machen, gerade wenn seine Meinung dem Mainstream widerspricht. Die Meinungsfreiheit ist ein Wert unter vielen und sie widerspricht nicht der Möglichkeit, einen gemeinsamen Kanon zu komponieren.

Festhalten können wir, dass aus verstreuten Kräften, die jeweils in ihre eigene Richtung wirken, eine Wertzerissenheit, eine allgemeine Schwäche entsteht. Daneben eine Orientierungslosigkeit.

Wie wäre es, wenn wir eine Vorstellung von der Zukunft entwickeln, ein klar umrissenes Ziel? Wie wollen wir in dreißig Jahren leben und wie kommen wir dahin? Die Antwort auf diese Frage würde auf jeden Fall Orientierung schaffen und Kräfte bündeln.

Setzen wir uns beispielsweise das Ziel, dass wir die Automatisierung und die Künstliche Intelligenz so nutzen wollen, dass wir zukünftig mehr Zeit für unsere Familie, für Freunde, Kreativität und Kunst haben, dann können wir das verwirklichen.

Wenn wir in einer natürlichen Umwelt mit größter Artenvielfalt leben wollen, ist das möglich, indem wir als ersten Schritt die Verantwortung für den gegenwärtigen Zustand der Natur übernehmen.

Wenn wir gesellschaftliche Spaltungen überwinden und in einer Gemeinschaft leben wollen, könnten wir uns auf unsere gemeinsame Geschichte besinnen und auf ihrer Basis Grundwerte formulieren, die wiederum als Basis für die Entwicklung einer Vorstellung der Zukunft dienen könnten.

Wenn wir bemerken, dass unsere Kinder die Zukunft sind, könnten wir sie an die erste Stelle holen und dafür das Kapital vom Thron stoßen.

Wäre das wirklich besser, als sich in der Diversität der Ziele treiben zu lassen? Genügt das Ziel des materiellen Wohlstands für unser Leben und Überleben? Müssen wir überhaupt Ziele bestimmen oder entstehen die besseren Ziele allein? Ehrgeizige Ziele haben schließlich oft zu Krieg und Zerstörung geführt.

Wenn ich etwas erreichen will, bedarf es jedenfalls eines Ziels und eines Plans. Ohne diese Dinge habe ich keinen festen Stand, werde zum Spielball kurzfristiger Ereignisse und hin und her geweht von den Stürmen, die von außen kommen. Das Ziel kann ein langfristiges Ziel sein, ein mit Weitsicht verfasstes.

Für die Entwicklung eines Ziels oder auch einer Leitidee könnten neben aktuell zu lösenden Problemen Ideen und Ansätze von Philosophen, Wissenschaftlern oder Schriftstellern aufgegriffen werden. Sie könnten in die Parteiprogramme einfließen. Es gibt genügend Ideen in der Literatur, die als Alternativen zur rein ökonomischen Kultur dienen können. Wie gesagt, die Gesellschaft bedarf der Wirtschaft und der Mensch war immer ein wirtschaftender Mensch. Das heißt jedoch nicht, dass unser ökonomisches Gesellschaftsmodell alternativlos ist. Wer das behauptet, hat wenig Phantasie und zu wenig gelesen. Wer das behauptet, sagt, dass wir so weitermachen müssen wie bisher. Dass das einzige Ziel nur sein kann, die Wirtschaft zu befördern und Geld zu machen.

Es folgt Monotonie im Lebenswandel, eine Stagnation, die dem Leben widerspricht, ein Wertemonismus. Alternativlosigkeit gibt es nicht. Alternativlosigkeit bedeutet Stillstand und Niedergang. Es gibt immer Möglichkeiten, anders zu leben, Möglichkeiten der Veränderung.

Es dauert Jahrhunderte, bis sich eine Gesellschaftsform ändert? Nein, wenn etwas Neues da ist, das besser ist als das Alte, setzt es sich schnell durch. Computer und das Internet breiteten sich in nur wenigen Jahren über den gesamten Globus aus. Mit Ideen des sozialen Zusammenlebens kann das ebenso geschehen. Sie müssen aus der Gesellschaft selbst hervorgehen, eine Notwendigkeit sein und ein Bedürfnis befriedigen. Nur dann können sie zu einer besseren Gesellschaft führen. Kommen sie von außen, wurden von einer Interessengruppe beschlossen und indoktriniert, also so lange wiederholt, bis sie verinnerlicht sind und geglaubt werden, werden sie das Zusammenleben verschlechtern und von geringer Dauer und Beständigkeit sein.

Das Alte ist dann hinfällig, wenn etwas Besseres da ist, das Alte sein Maximum erreicht hat oder nicht mehr zur Gegenwart passt.

Gewalt und Frieden

Womit wird die gegenwärtige Ordnung aufrechterhalten? Neben der bereits erwähnten medialen Beeinflussungsmaschinerie gibt es weitere mächtige Instrumente. Zum einen den Rechtsrahmen, der die Menschen zwingt, die Gesetze zu befolgen, einer Lohnarbeit nachzugehen und ihr Verhalten anzupassen. Zum anderen die Verteidigung mittels Waffengewalt. Dabei kann die Verteidigung durchaus in einen Angriff übergehen, um widerwillige Staaten gefügig zu machen oder die eigene Einflusszone zu vergrößern. Man versucht die eigene Position zu stärken und zu verteidigen, indem man Andersdenkende gewalttätig bekämpft.

Menschen werden getötet, allein um die eigene Macht eine relativ kurze Zeitspanne aufrechtzuerhalten. Riesige Summen werden für die Rüstung ausgegeben und ich höre niemanden, der fragt, wie ökologisch und ökonomisch das denn ist. Wie kann so etwas in Zeiten globaler Vernetzung und sozialer Netzwerke überhaupt möglich sein? Warum gibt es keine weltweite Empörung über einen Krieg? Die Macht dazu wäre da. Es ist denkbar und möglich, dass Menschen sich zusammenschließen und durch gemeinsames mediales Engagement Kriege verhindern.

Doch was wäre unsere Wirtschaft ohne Krieg und Krisen, ohne das ständige Auf und Ab, das Steigen und Fallen der Kurse an den Börsen? Für das Funktionieren unserer Ordnung ist das alles essentiell. Wie könnte am Finanzmarkt ohne das Auf und Ab so enorm viel Geld gemacht werden? Jede Krise hat ihre und jeder Krieg hat seine Profiteure.

Wir sind so weit gekommen, dass beinahe alles, was passiert, mit der Frage bedacht werden muss, wer von diesem Ereignis finanziell profitiert. Sei es ein begonnener Krieg oder eine gesundheitspolitische Entscheidung. Mit aller Gewalt versuchen Wirtschaftsakteure ihre Interessen durchzusetzen. Dabei gehen sie über Leichen, auch über Kinderleichen.

Die Gewalt scheint unserer Ordnung immanent zu sein, sie ist die Folge von Habgier und Arroganz. Gewaltherrschaft ist jedoch nie von Dauer. Dass wir uns im Krieg selbst umbringen und dafür Waffen in einem unfassbaren Ausmaß anhäufen, ist außerordentlich schwer nachzuvollziehen und nicht begründbar. Es widerspricht dem inneren Drang, das Leben zu erhalten. Die Destruktivität, mit der wir uns und die Natur zerstören, ist nicht menschlich. Sie wird uns nicht in die Wiege gelegt. Abgesehen von pathologischen Fällen entsteht sie durch Nachahmung und Anpassung. Wir begraben also unsere Menschlichkeit, um mit Hilfe von Gewalt eine Ordnung aufrechtzuerhalten, die sich gegen das Leben richtet.

Ja, in dieser Hinsicht scheint die menschliche Dummheit grenzenlos. Klug wäre es indessen, sich von der Gewaltherrschaft abzuwenden und an ihre Stelle eine geistige Instanz zu setzen. Eine geistige Instanz, die auf menschlichen Werten beruht. Sie könnte Reputation, wirkliche Achtung und Respekt entstehen lassen. Eine Gesellschaftsordnung, die auf einem solchen Fundament gründet, hat die Chance auf Dauerhaftigkeit. Eine Idee kann mächtiger sein als alle Waffen und der Einsatz von Waffen beweist nur die Unzulänglichkeit der Idee, die mit ihnen verteidigt werden muss.

Die Idee des geeinigten Europas ist eine mächtige Idee, eine Friedensidee. Staaten, die miteinander Handel treiben, bekriegen sich nicht. Europa gründet auf diesem Gedanken, doch es scheint, dass er allein nicht ausreicht, um unterschiedliche Regionen auf Dauer zusammenzuhalten. Eine gemeinsame Währung und ein gemeinsamer Binnenmarkt sind wichtige Bausteine und Voraussetzungen für eine Gemeinschaft. Aber kann man allein auf dieser rein ökonomischen Grundlage ein Europa aufbauen? Hilft es, im Eiltempo möglichst viele Staaten in diesen Bund aufzunehmen? Ist es durchdacht, eine alte, schnelle und kurze Hymne zu wählen für etwas, was doch neu ist und Bestand haben soll?

Für ein dauerhaftes und friedliches Europa scheinen Handel und Währungsunion nicht zu genügen. Vielleicht wären die Einigung auf einige Grundwerte und ein gemeinsam formuliertes Ziel gute Vorschläge. Wir müssen nicht gleich in einem Wertekanon zusammen singen können, aber neben den wirtschaftlichen und kulturellen Unterschieden gibt es Gemeinsamkeiten, die es herauszustellen gilt. Diese Gemeinsamkeiten ergeben sich aus der Geschichte. Nicht nur der Kriegsgeschichte, sondern ebenso aus der Geschichte der Wirtschaft mit ihren Unternehmern und Erfindern, der Wissenschaft mit ihren Forschern und Entdeckungen und aus der Kulturgeschichte mit den Werken der Dichter, Denker und Komponisten.

Die kulturellen Unterschiede bereichern Europa. Die verschiedenen Regionen könnten ihre Kulturen weiter pflegen und entwickeln. Man sollte sie in Ruhe lassen. Der Erhalt dieser Vielfalt wäre eine mögliche Idee, ein Ziel für Europa. Ein großes Zentralorgan führt eher dazu, dass sich die Regionen bevormundet fühlen, es verhindert Stabilität und die Entwicklung eines europäischen Bewusstseins. Wenn es überhaupt eines Zentralorgans bedarf, so sollte es sehr, sehr klein sein.

Meine Idee für Europa ist die eines eigenen Wegs abseits des globalen Machtstrebens und Konkurrenzkampfes. Können wir uns nicht diesem technologischen globalen Wettbewerb entziehen? Müssen wir da unbedingt mitmachen? Persönlich ist der Mensch häufig erfolgreicher, wenn er nicht mit der Masse schwimmt. Lasst sie doch alle streben und sich mit Produkten überhäufen. Wir könnten zuschauen, weil wir wissen, dass das alles andere als das Leben ist. Es ist lediglich die Maschine, die die bereichert, die über die Produktionsmittel und das Kapital verfügen.

Wir entwickeln eine andere Lebensweise und leben diese vor. Bessere Chancen hätte Europa, wenn es seinen eigenen Weg findet, eigene Werte schafft und dem alten Modell ein neues gegenüberstellt. Einen eigenen Weg, auf dem gerade die Wirtschaft eine besondere Rolle spielt. Aber nicht die Hauptrolle.

Meine Idee für die Staaten, die ihre Herrschaft weiterhin mit Waffengewalt durchsetzen wollen: Die Staatsoberhäupter der verfeindeten Staaten sollen sich duellieren. Die Opferzahl würde auf eins sinken. Es gäbe keine wirtschaftlichen Verwerfungen, keine Inflation oder sonstige Kriegsschäden.

Ist das Kriegerische Teil der menschlichen Natur, dann sollte man auch menschlich Krieg führen, also mit dem Einsatz echter Menschen statt von Kampfrobotern oder unbemannten Drohnen. Dann sollten wir viele Söhne zeugen, damit sie sich auf dem Schlachtfeld niedermetzeln können. Und wir könnten uns wieder der alten Künste der Kriegsführung bedienen. Eine vielleicht etwas romantisch-düstere und natürlich nicht ganz ernst gemeinte Vorstellung.

Eine weitere Idee ist es, Hedge-Fonds zu gründen, die auf den Niedergang der Waffenlobby setzen. Fonds, die sich gegen die herkömmlichen Marktgesetze stellen. Fonds, die in die Verbesserung des menschlichen Lebens investieren und deren Gewissen nicht schwindet, wenn es um den Profit geht, weil der Profit eben nicht im Mittelpunkt steht.

Sie sagen jetzt, diese Gedanken sind vollkommen weltfremd. Ja, wir haben uns schon so an die etablierte Ordnung gewöhnt, dass wir uns nichts anderes mehr vorstellen können und alles, was anders ist, als weltfremd oder naiv bezeichnen. Dabei besteht unsere Art zu leben und zu wirtschaften erst etwa zweihundert Jahre. Es gibt wesentlich ältere Kulturen, die aufgrund ihrer Werte, ihrer Traditionen, ihrer Einheit und ihrer Anpassungsfähigkeit überlebt haben. Wie anpassungsfähig ist unsere Ordnung?

Wolf und Viren

Können wir uns noch an die Natur anpassen? Oder haben wir uns schon zu weit von ihr entfernt? Haben wir verlernt, uns als Teil der Natur zu begreifen? Wir haben Angst vor dem Wolf und den Viren. Den Wolf könnten wir mit einigem Aufwand ausrotten, die Viren wohl kaum. Beide gehören ebenso zur Natur wie der Mensch. Sie haben ihren Platz und sie müssen mit uns leben, wie wir mit ihnen leben müssen. Wir stehen in einem Verhältnis, in einer Beziehung. Wie sich diese Beziehung gestaltet, hängt von uns ab.

Wir können Wölfe und Viren als Feinde betrachten, wie der Bauer, der meint, er müsse der Natur etwas abringen, statt nach ihren Gesetzen zu arbeiten und zu profitieren, indem er partizipiert. Wir können jedoch auch versuchen, zu verstehen, dass wir von dem uns umgebenden Leben genauso abhängen wie von dem Leben in uns, unserem Mikrobiom.

Lange Zeit glaubte der Mensch, die Erde wäre der Mittelpunkt des Universums. Heute glaubt er, er sei den anderen Lebensformen überlegen. Nehmen wir jedoch die Perspektive eines Bakteriums oder eines Virus ein, so ist der Mensch lediglich der Wirt, der Diener, der benutzte Lebensraum dieser Organismen. Dann sind die Mikroorganismen die eigentlichen Herrscher und dominieren das Lebendige.

Sind sie deshalb eine Bedrohung? Die mediale Angsterzeugung, beispielsweise vor einem Virus, kann zu einem Denken führen, das die Natur als Feind betrachtet. Es wird suggeriert, dass wir uns vor ihr schützen müssen. Und es wird suggeriert, dass wir die Macht dazu haben. Wir begreifen uns nicht mehr als zugehörig, sondern als außenstehend und entfremden uns immer weiter von der Natur.

Ja, wir können Arzneimittel und Impfstoffe herstellen und uns so vor Infektionskrankheiten schützen. Die Fragen nach dem Nutzen und dem Risiko bleiben jedoch bestehen. Meine Erfahrungen lassen mich an den Vorteilen und der Zweckmäßigkeit vieler medizinischer Eingriffe zweifeln. Seien es operative Eingriffe oder das Verschreiben von Medikamenten. In den Fällen, die ich miterleben musste und muss, führten die Behandlungen zu einer Verschlechterung des Gesundheitszustandes der betroffenen Personen. Selbstverständlich gibt es unbedingt notwendige und lebensrettende Eingriffe und es gibt sehr gute Ärzte, die den Patienten ganzheitlich betrachten, ihm keine Angst machen und seiner Widerstandskraft eine Chance geben, bevor sie zur Schulmedizin greifen. Doch gibt es ebenso Maßnahmen, die aus anderen Beweggründen durchgeführt werden und nicht der Gesundheit dienen. Maßnahmen im Kleinen, beispielsweise eine unnötige Operation an einem Patienten, und Maßnahmen im Großen an gesamten Gesellschaften.

Erlauben Sie mir an dieser Stelle ein Gedankenexperiment und betrachten Sie es bitte auch ausschließlich als dieses. Äußerst listig wäre es, wenn ein relativ harmloses Virus dazu benutzt wird, dem eigenen Land wirtschaftliche Vorteile zu verschaffen. Dazu kreiert oder nutzt man eine kleine Virus-Pandemie im eigenen Land. Das Virus kann auf natürlichem Weg entstanden sein oder es wurde biotechnologisch hergestellt. Auf jeden Fall ergreift man harte Maßnahmen, wenngleich die Sterblichkeit sehr gering ist und vermutlich keine große Gefahr für die eigene Bevölkerung besteht. Man statuiert damit ein Exempel. Das Virus breitet sich weiter aus und wird in anderen Ländern nachgewiesen. Angst entsteht und die anderen Länder ahmen die Maßnahmen nach. Die Wirtschaft wird heruntergefahren, das soziale Leben stark eingeschränkt in der Hoffnung, damit eine weitere Ausbreitung verhindern zu können. Im Ursprungsland werden jedoch die Maßnahmen eingestellt und die Wirtschaft wird zusätzlich unterstützt. Bis die anderen Länder erkannt haben, dass das Virus relativ harmlos ist, vergeht viel Zeit. Milliarden an Steuergeld werden für die Entwicklung und den Kauf von Impfstoffen aufgewendet. Die Pharmabranche wittert ein Multimilliarden-Geschäft und wirft die mediale Beeinflussungsmaschinerie an. Sie verstärkt die schon vorhandene Angst und bringt die Bevölkerung mittels penetranter Wiederholung auf ihre Linie. Das soziale und kulturelle Leben wird noch stärker eingeschränkt, Ausgangssperren werden erlassen, die Schulen und Kindergärten geschlossen. Die Menschen leiden, besonders die Alten und die

Kinder. Gerade die psychologischen Faktoren, die seelischen Schäden der Kinder, ihre Angst und ihre Konditionierung auf eine Krankheit bzw. ein Virus, haben unabsehbare Folgen. Die Regierung diskutiert und versteigt sich zu immer tolleren Regulierungsversuchen, die viele Bürger sprachlos machen, ihnen ihre Machtlosigkeit vor Augen führen und die Gesellschaft in Befürworter und Gegner spalten. So entsteht ein enormer Vorsprung, ein zeitlicher, politischer und wirtschaftlicher Vorteil für das Ursprungsland. Die profitierenden Unternehmen steigern ihre Gewinne ins Unermessliche. Für die Gesellschaften der anderen Länder entstehen zahlreiche Gefahren. Die Spaltung bezüglich der Meinungen kann politische Unruhen hervorrufen. Die Schaffung und die Ausgabe enormer Summen für die Gesundheits- und Pharmaindustrie und die Stützung der Wirtschaft kann zu Inflation und Steuererhöhungen führen. Die Isolierung von der Welt der Bakterien und Viren, durch das Tragen von Masken, das Abstandhalten und das Verbot von Versammlungen, schwächt das Immunsystem. Ist es nicht beständig einer Vielzahl an Erregern ausgesetzt, kommt es aus dem Training und wir sind nach der Isolierung umso anfälliger für Infektionen.

Das ist lediglich ein denkbares Szenario. Dieses Vorgehen, dieses Kalkül ist jedoch in einer von der Wirtschaft dominierten Welt vorstellbar. Das absichtliche Auslösen eines Massenphänomens kann für die eigenen Interessen genutzt werden. Seien es nun die wirtschaftlichen Interessen eines Landes oder die wirtschaftlichen Interessen von Unternehmen oder sehr einflussreichen Personen. Rein wirtschaftliches Denken wird so zur Gefahr für die gesamte Gesellschaft oder sogar die gesamte Menschheit.

Das Beispiel kann vielleicht das Risiko der Nutzung von

biotechnologisch hergestellten Organismen oder Viren, die wir nicht vollkommen verstehen, verdeutlichen. Schon die natürlich vorkommenden Viren und Bakterien sind nicht beherrschbar und wir müssen mit ihnen leben. Deshalb sollten wir nicht noch zusätzlich neue herstellen und sie als Waffen oder Basis für neue Impfstoffe missbrauchen.

Viren existieren mit großer Wahrscheinlichkeit länger als Menschen. Wir leben also schon immer mit ihnen zusammen. Die Angst vor den kurzen DNA-Stücken erscheint unbegründet. Auch vor dem Hintergrund des starken Anstiegs der Weltbevölkerung in den letzten zweihundert Jahren.

Es wird von einer Überbevölkerung geredet und doch hat jeder schon bei einer Infektionskrankheit mit äußerst geringer Sterblichkeit Angst um sein kleines Leben. Man könnte provokant die These aufstellen, dass wir ohne medizinisches Eingreifen keine acht Milliarden Menschen zählten. Man könnte auch vorschlagen, auf Kriege zu verzichten und dafür Pandemien freien Lauf zu lassen. Was wäre grausamer? Die schrecklichen Auswirkungen der Kriege oder die große Opferzahl bei Pandemien mit hoher Sterblichkeit? Ist beides vermeidbar?

Bei steigender Weltbevölkerung, verändertem Klima und zunehmender Zerstörung der Natur ist es möglich, dass neue Erreger häufiger entstehen und sich schneller ausbreiten. Wir wären dann gefangen im ständigen und sich beschleunigenden Kreislauf aus Pandemie und Impfstoff, Pandemie und Impfstoff, Pandemie und Impfstoff. Ist das erstrebenswert? Wie viel unseres erwirtschafteten Kapitals fließt dann zu den Pharmaunternehmen? Wie viel Aufmerksamkeit fließt den Viren zu? Leben wir dann in ständiger Angst? Was wäre das für ein Leben?

Angst ist ansteckend. Wird sie von Politik und Medien noch gefördert, spitzt sie sich zu und führt zu Denunziantentum, faschistoidem und asozialem Verhalten. Den betroffenen Menschen kann man ihr Verhalten nur bedingt vorwerfen. Niemand ist davor sicher, von der Angst angesteckt zu werden, wenn sie beständig propagiert wird. Erst recht nicht in einem Umfeld, dass kaum Kritik und andere Sichtweisen zulässt. Da ordnet man sich lieber unter und läuft mit. Verantwortlich sind Politik, Medien und die Interessengruppen, die die Inhalte bestimmen. Sie beeinflussen die Psychologie der Bevölkerung.

So werden wir durch die gemachte Angst vor Viren, sozialem Abstieg, Inflation, Klimaveränderung oder vor dem Wolf zu Untertanen.

Schon Rotkäppchen hatte Angst vor dem bösen Wolf. Er ist ein kluges Raubtier und kann dem Menschen unter bestimmten Umständen gefährlich werden. Es gibt Menschen, die eine Wiederansiedlung strikt ablehnen, und es gibt Menschen, die sie befürworten. Wie geht man mit dieser Situation um?

Der Wolf ist nichts anderes als ein Zuwanderer. Kein menschlicher Zuwanderer, aber ein Lebewesen, das in einen Lebensraum, der von anderen Lebewesen besiedelt wird, vordringt. Es stellt sich die Frage, ob man ihn aufnimmt oder nicht. Dabei ist die Aufnahme keine Pflicht. Sie hängt von einer Entscheidung ab, die genau durchdacht sein sollte. Wenn man den Wolf aufnimmt, muss man ihm seine Lebensweise, seine Identität lassen und diese tolerieren. Man wird ihn nicht verändern, sein Verhalten nicht anpassen können. Er muss im Gegenzug die menschliche Identität tolerieren, die Lebensweise der ursprünglichen Bewohner. Das sollte man ihm klarmachen. Außerdem muss man dem Wolf bestimmte Rechte einräumen und versuchen, seine Lebensweise zu verstehen.

Diese Gedanken lassen sich mit dem Zusammenleben von zugewanderten und einheimischen Menschen assoziieren. Entscheidet man sich für die Aufnahme, muss man sich gegenseitig tolerieren und gleichberechtigt sein. Integration bedeutet dann, den Anderen nicht verändern zu wollen, sondern ihn so zu nehmen, wie er ist. Sie bedeutet, dass beide Seiten versuchen, die jeweils andere Kultur zu verstehen und wertzuschätzen.

Andere Kulturen können das Leben bereichern. Ein artenreiches Ökosystem ist stabiler als ein artenarmes. Doch neben der Möglichkeit, dass sich Kulturen gegenseitig verstärken und multiplizieren, kann im Gegensatz zur Artenvielfalt das Zusammenleben verschiedener menschlicher Kulturen auf engem Raum, also die kulturelle Vielfalt, destabilisierend wirken. Es kommt auf die Kulturen an. Passen sie weniger gut zusammen, wird es schwieriger, einen Konsens zu finden. Gerade wenn sich die Kulturen kaum ergänzen und es wenig Gemeinsamkeiten gibt. Die einzelnen Kulturen können für sich außerordentlich hoch entwickelt sein und doch zusammengemischt mit anderen ein weniger harmonisches Bild ergeben.

Ein auf rein ökonomischen Werten beruhendes Zusammenleben ist dann möglich, aber ein wirkliches Miteinander, die Entwicklung einer gemeinsamen Kultur ist schwer vorstellbar. Das mag einer Regierung, die nicht viel von Schönheit und der Schaffung und Erhaltung von Werten hält, gerade recht sein. Wirtschaftspolitische Interessen lassen sich in einer multikulturellen Gesellschaft leichter durchsetzen, da der Gegenwind schwach bleibt.

Vertreter dieser Regierung könnten jedoch als egoistische und unmenschliche Despoten in die Geschichte eingehen, die nichts zum Besseren der Menschheit beigetragen, sondern im Gegenteil, Menschlichkeit und Kultur verhindert haben, um sich selbst an der Macht zu halten.

Kehren wir zum Wolf zurück. Seine Rückkehr ist eine Herausforderung für unser geordnetes und strukturiertes Denken. Sie macht uns bewusst, wie weit wir uns von der Natur entfernt haben und wie schwer es fällt, Veränderungen, die uns nicht direkt nutzen, zu akzeptieren. Wir denken in menschlichen und eher pragmatischen Kategorien und sehen nicht das Gesamtbild mit seinen zahlreichen Zusammenhängen und Abhängigkeiten. Es fällt uns schwer, diese Zusammenhänge zu erkennen, da wir sie nicht in der Schule gelernt oder in der Natur erfahren haben.

Wie viel Zeit verbringen wir mit Maschinen und was macht das mit uns? Jeder Computer, jedes Smartphone, jedes Auto ist eine Maschine. Wie viele Maschinen kommen pro Jahr dazu? Zählen Sie einmal die Maschinen, von denen Sie täglich umgeben sind. Wenn Sie die Programme und Algorithmen, die Sie nutzen, dazuzählen, wird die Zahl noch größer. Maschinen können rechnen. Das ist alles. Werden wir auch zu Rechnern, wenn wir viel Zeit mit ihnen zusammen sind? Ahmen wir sie nach?

Könnten wir weniger Zeit mit diesen nichtdenkenden Geräten verbringen und wieder anfangen selbst zu denken? Wir müssen dabei nicht alles verstehen, nicht sämtliche natürlichen Phänomene begreifen. Man kann auch gut mit offenen Fragen leben. Es genügt der Respekt, die Achtung vor der Natur. Sie weiß es mit aller Wahrscheinlichkeit besser. Wir könnten ihr mehr Beachtung schenken. Wir sollten keine Angst vor ihr haben und sie nicht unterdrücken oder einschränken. Vielmehr könnten wir uns das Ziel setzen, ihr wieder mehr Raum und Zeit zu geben. Sie braucht das gerade jetzt zur Regeneration. Wir könnten uns unserer Verantwortung gegenüber sämtlichen Arten, auf die wir Einfluss nehmen können, bewusst werden. Wir sind selbst eine Art, Teil der Natur und von ihr abhängig und doch hat sie einen Wert an sich, ohne den Bezug zum Menschen. Werden uns dieser Wert und unsere Verantwortung bewusst, verändern wir unser Handeln.

4 Anfang

So schnell der Anstieg der menschlichen Bevölkerung erfolgte, so schnell kann der Abstieg gehen. Das ist keine Schwarzmalerei, lediglich ein bei vielen anderen Arten in Gegenwart und Geschichte beobachtbares Szenario. Wir empfinden uns vielleicht als hochentwickelt und dominant, doch ist die menschliche Population denselben Gesetzen unterworfen wie andere Populationen. Wir entwickeln uns nach diesen Gesetzen, ganz gleich was wir denken oder machen. Es ist sogar denkbar, dass unser Denken den Gesetzen der Natur folgt und unser gegenwärtiges ökonomisches Handeln, mit seiner Werteverschiebung hin zu den Dingen und weg von den Kindern, dazu dient, uns schrumpfen zu lassen, vielleicht sogar extrem.

In Ländern, in denen eine ökonomisch geprägte Kultur herrscht, geht die Bevölkerung stark zurück. Bekommt ein Paar im Durchschnitt ein Kind, bedeutet das eine Halbierung der Anzahl der Menschen in diesem Land. Entscheiden sich die Kinder wiederum für durchschnittlich ein Kind, kommt es zur erneuten Halbierung. Dieser Umstand sollte uns bewusst sein. Pandemien mit hoher Sterblichkeit, Klimaveränderungen sowie psychologische Massenwahnphänomene können ebenfalls zur Reduzierung beitragen.

Wenn wir Menschen stark dezimiert werden oder aussterben, kann das für andere Lebewesen durchaus gute Folgen haben. Für die nichtmenschliche Natur, Pflanzen, Tiere, die Artenvielfalt, wäre es von Vorteil. Da wir jedoch ebenfalls eine Art unter vielen sind, wäre unser Verschwinden ein Verlust, eine Reduzierung der Artenvielfalt. Wenn wir ausstürben, gäbe es eine Art weniger. Nur eine Art - im Vergleich zur Anzahl der täglich aussterbenden Arten ist das sehr wenig. Doch aufgrund unseres großen Einflusses auf die Natur würde es viele andere Arten befördern.

Denkt man diesen Gedanken weiter, entsteht die Frage nach dem Selbstverständnis des Menschen. Wie ordnet er sich ein? Worin sieht er seine Aufgabe? Sagt er, ich bin allmächtig und mache mir die Natur untertan? Sagt er, wenn ich leben will, muss ich die Natur zerstören? Oder sieht er auch das Positive seiner Existenz? Er belebt diesen Planeten und bereichert ihn durch seine Kultur, seine Kunst, durch ein Miteinander mit den anderen Lebewesen. Er zerstört nicht seine Mitwelt, sondern erhält sie.

Aus dieser Perspektive gesehen, wäre es nicht gut, wenn er ausstirbt. Er kann gestalten und er ist ein Teil des Lebendigen, des vielleicht im Universum sehr selten vorkommenden Lebendigen. Es könnte schließlich sein, dass das Leben nur in einer relativ kurzen Zeitspanne und nur auf diesem Planeten existiert. Der Mensch ist möglicherweise Teil einer äußerst seltenen Form der Materie.

Man kann Leben als einen Zustand begreifen, den Materie annehmen kann. Der Stein ist tot. Doch seine Mineralstoffe können zusammen mit Wasser und Sonnenstrahlung eine Pflanze ernähren. Von der Pflanze ernähren sich wiederum Tiere. Das Leben kann eine Substanz sein, die unter bestimmten Umweltbedingungen auf der Grundlage anderer Substanzen entsteht. Es müssen die chemischen und physikalischen Voraussetzungen für die Entstehung von DNA gegeben sein. Das kann durchaus selten der Fall sein, auch bei Milliarden an Galaxien.

Wird uns diese mögliche Seltenheit bewusst, ergibt sich, dass wir unser Leben mit dem Gedanken der Seltenheit und des Schützenswerten gestalten. Mit dieser Grundlage würde unsere Ordnung, unser Werterahmen ganz anders aussehen und jedes Streben nach Macht und Reichtum wäre hinfällig. Man würde zusammenleben, man würde sich des Lebens freuen und versuchen das Beste daraus zu machen. Man würde es so schön gestalten, wie nur eben möglich, da man sich der Tatsache, dass es vielleicht einzigartig im gesamten Universum ist, bewusst wird.

Wir wissen es nicht. Vielleicht gibt es auf anderen Planeten auch Leben. Doch unser derzeitiger Kenntnisstand ist der, dass es einzigartig ist. Außerdem ist es dünn, extrem dünn. Wenn wir die Gesamtheit aller Lebewesen zusammennehmen, sie also dicht an dicht anordnen und als Schicht um die Erde legen, dann wäre diese Schicht äußerst dünn. Wenn wir dann noch das Wasser entfernen, nochmal wesentlich dünner.

Wenn sich der Mensch als Lebewesen unter anderen begreift und ihm der ungeheure Zufall bewusst wird, überhaupt zu leben, ihm bewusst wird, dass uns auf der Erde durch die Umweltbedingungen, dass der Erde selbst das Leben zugefallen ist, und er dieses Leben als das Höchste wertet, was es für ihn gibt, dann werden Kriege, Naturzerstörung, das Streben nach irgendetwas anderem als danach, dieses Leben zu erhalten und zu schützen, obsolet, hinfällig.

Empfehlen würde ich unter diesen Umständen, in der Zeit, in der Leben existiert, diese Zeit zu genießen und mit anderen Menschen etwas daraus zu machen, denn irgendwann ist es vorbei. Wie könnten wir damit anfangen?

Doch sicher nicht, indem wir uns immer tiefer in eine Ordnung verstricken, uns immer engere Grenzen setzen, immer mehr Gesetze und Regeln erlassen und nur noch in eine Richtung rennen. Als wenn es nichts anderes gäbe. Als wenn wir den Heiligen Gral gefunden hätten. Doch sicher nicht, indem wir uns bei Laune halten lassen mit Massenkonsum, Massenmedien, Massenkommunikation, Massensport oder Helikoptergeld. Doch sicher nicht, indem wir als gemästete Sklaven auf nichts anderes mehr kommen, als nach Reichtum und Konsum zu streben.

Welche Lebensfragen werden mit diesem Streben als Zielsetzung beantwortet? Was geht durch die Vereinfachung auf das rein monetäre Denken verloren? Haben wir wirkliche menschliche Achtung vor der Ordnung, in der wir leben, oder ist es lediglich Akzeptanz? Richten wir uns lediglich in ihr ein? Würden wir diese Ordnung auch dann verteidigen, wenn wir nicht finanziell von ihr abhingen?

Wie also anfangen? Wie dem gesellschaftlichen Druck und dem Mechanismus der Nachahmung entkommen? Oder lieber mitschwimmen?

Ich selbst habe zwar lange studiert, mir die Zeit einfach genommen, dann aber doch dem Druck nachgegeben und als der Letzte meines Jahrgangs die Abschlussprüfungen absolviert und eine Diplomarbeit geschrieben. Warum habe ich das Studium nicht geschmissen und mich anders durchgeschlagen? Den Druck seitens der Eltern und Großeltern konnte ich gut ausblenden. Letztendlich war es wohl das Interesse an der Biologie und der Wille, etwas zu vollenden, um frei zu sein für das Neue. Oder es war doch der gesellschaftliche Druck, das Nachahmen der Anderen.

Es fiel mir während meiner wissenschaftlichen Arbeit schwer, dem immer gleichen Tagesablauf zu folgen, und ich denke, diese Taktung widerstrebt unserer Natur. Wir fühlen uns nicht jeden Tag gleich gut oder schlecht, pflegen jedoch jeden Tag den gleichen Tagesablauf. Wir berücksichtigen somit nicht unsere Bedürfnisse, sondern übergehen sie, indem wir sie mit Gewalt überwinden. Das hat Auswirkungen auf unser Wohlbefinden und auf unsere Gesundheit.

Trotzdem hielt ich durch und vernachlässigte meinen natürlichen Biorhythmus. Es war möglich, mich mit meinem Professor auf ein Thema zu einigen, das uns beide interessierte, und so kostete es nicht zu viel Überwindung, jeden Morgen pünktlich im Labor zu sein. Die Musik und das Schreiben vernachlässigte ich in dieser Zeit zugunsten der Neurobiologie. Doch vielleicht säße ich, hätte ich das Studium geschmissen, jetzt genauso hier und würde diese Gedanken niederschreiben.

Es ist schwer und vielen vielleicht unmöglich, dem gesellschaftlichen Druck zu widerstehen und es anders zu machen. Wenn man Kinder zu versorgen hat, ist es noch schwerer. Man gerät zu leicht in die Tretmühle und wird käuflich. Man muss die Grundbedürfnisse und alles darüber hinaus erwirtschaften.

Das dafür benötigte Geld zu erarbeiten ist schwerer, wenn die Unternehmen, die diese Grundbedürfnisse befriedigen, nach Profit streben. Gleich ob sie in privater Hand oder der Hand des Staates liegen. Die Gier ist groß, der Profit muss wachsen und so werden Energie, Mobilität, Wohnraum oder Nahrung beständig teurer. Der Mensch leidet unter der Habgier des Anderen und unter seinem eigenen Neid. Man kann ihm ja die Geldliebe lassen, wenn sie ihn denn antreibt, doch von der Befriedigung der Grundbedürfnisse einer Gesellschaft sollte man den Homo oeconomicus fernhalten.

Die Tretmühle, in die man so leicht gerät, ist nicht das Leben. Jedenfalls nicht das, was es sein kann. Sie macht aus unseren Leben standardisierte Leben. In diesen Leben fehlt die Veränderung als Kennzeichen des Lebendigen. Es fehlt die Lebendigkeit.

Gehen Sie spazieren, hören Sie in sich hinein, hinterfragen Sie ihr Leben. Sie dürfen aus Ihrer vermeintlichen Stabilität, die es gar nicht gibt, ausbrechen. Es gibt nichts Unveränderliches im Lebendigen. Das einzig Stabile ist die Bewegung, die Veränderung. Je länger Sie in Ihrem Trott verharren, desto weniger frei und lebendig sind Sie. Bewegen Sie sich aus ihrer gedanklichen Gewissheit, aus ihrer Sicherheit heraus. Denn beides gibt es nicht. Sicherheit und Stabilität. Lassen Sie uns unterwegs sein. Nicht nur als Individuum, sondern als gesamte Gesellschaft.

Eine Idee kann zu einer besseren Gesellschaft führen. Sie kann aber auch zu einer Ideologie werden, zu einem Ismus. Sie hat dann scheinbar für alles eine Antwort. Sie lässt nichts anderes gelten. Das Denken ist gefangen und dem Leben sind enge Grenzen gesetzt.

Ideologien gründen oft auf Theorien. Unsere Ordnung orientiert sich an Theorien aus der Volkswirtschaftslehre. Sei es der Keynesianismus oder Neu-Keynesianismus, der die Nachfrage nach Produkten als zentral ansieht, der Monetarismus, der die Geldmenge in den Mittelpunkt stellt, oder der Begriff des Homo oeconomicus, des rein rational handelnden und ausschließlich auf den eigenen Nutzen bedachten Menschen.

Lassen wir diese Theorien weg. Sie sind zu weit von der Biologie des Menschen entfernt. Sie werfen einen langen

Schatten auf unser Denken und lassen es ausschließlich in ihrem Lichte arbeiten. Andere Lichtquellen werden verdeckt. Wir können unser Denken von ihnen befreien. Dann sind neue Erkenntnisse möglich und neue Wege werden sichtbar. Vielleicht entstehen auch neue Theorien.

Keine Ordnung ist alternativlos. Wir müssen Kapital nicht einsetzen, um noch mehr Kapital zu schaffen. Um einen sogenannten Mehrwert zu generieren. Wir müssen die Menschen, für die dieses Verhalten scheinbar einen Sinn ergibt, nicht nachahmen. Denn ist dieser Mehrwert nicht lediglich eine Akkumulation von Material und Kapital, die mit einem das Leben betreffenden Wert gar nichts zu tun hat? Ist diese nach Mehrwert strebende Ordnung dann alles andere als natürlich? Ist sie gegen die Natur, also auch gegen die Natur des Menschen gerichtet?

Wenn das so ist und es erkannt wird, haben wir immer die Möglichkeit, es zu verändern. Denn es gibt außerhalb des Rahmens unserer Ordnung, der uns lediglich sehr begrenzte Möglichkeiten bietet, aus denen wir wählen müssen, eine Vielzahl an Optionen. Wir haben sie vielleicht nur noch nicht gedacht und entdeckt, weil unser Denken im Rahmen gefangen ist. Wir sind es gewohnt, in den Kategorien unserer Gesellschaft, also innerhalb des Werterahmens unserer ökonomischen Kultur zu denken. Diesen Rahmen zu überschreiten, ihn zu verlassen, bedeutete wirkliche Freiheit. Sie könnte die Voraussetzung für unser Fortbestehen sein.

Außerhalb des Rahmens gedacht, können wir beispielsweise Kapital, statt es einzusetzen, um noch mehr Kapital, Maschinen und angeblich lebenswichtige Innovationen zu erzeugen, ebenso dazu nutzen, um Zeit zu gewinnen. Zeit, um uns mit der Geschichte der Menschheit zu befassen, mit den besten Denkern der Vergangenheit. Zeit, um nach Wissen und Weisheit zu streben und dieses Wissen dafür zu nutzen, uns als Gesellschaft weiterzuentwickeln.

Dieses Wissen ist eine Voraussetzung für wirkliche Freiheit. Mit diesem Wissen können wir die Gegenwart besser reflektieren und Narrative entwickeln, um unser Leben zu verbessern. Wir können Wirtschaft neu und anders denken. Beispielsweise so, dass sie eingebettet in der Gesellschaft dieser nützt und dient, statt über ihr zu schweben. Wir können Kapital in Kultur und Kunst umwandeln, um wahrhaftige Schönheit zu schaffen statt kurzlebiges Design. Wir können wirklich die Artenvielfalt erhalten und die Natur schützen, statt neue Maschinen zu bauen, die angeblich das Klima retten.

Wir können uns andere Vorbilder suchen. Denn die heutigen Vorbilder, egal wie finanziell reich sie sein mögen, sind lediglich Diener der Ordnung, in der sie leben. Sie haben ihr Denken angepasst, ihre Freiheit auf die Möglichkeiten beschränkt, die ihnen innerhalb der Ordnung zur Verfügung stehen. Das ist nicht verwerflich oder schlecht, vielleicht sogar in gewisser Hinsicht geschickt und clever. In anderer Hinsicht jedoch erbärmlich und armselig. Es kommt ganz auf den Anspruch an, den jeder Einzelne an das Leben stellt.

Passen Sie sich an, ordnen sich unter und profitieren zumindest finanziell durch dieses Verhalten? Sind Sie also prinzipiell Sklaven, die die Ordnung stützen und erhalten, selbst wenn Sie erkennen, dass sie dem Leben in seiner Gesamtheit schadet?

Oder wollen Sie alles, was möglich ist? Wollen Sie alles, was das menschliche Leben erreichen kann, erfahren, probieren oder zumindest aussprechen und denken? Wollen Sie die

Möglichkeiten ausschöpfen und fühlen sich beengt und eingeschränkt in Ihrem Menschsein, wenn Sie in einer Ordnung leben müssen, die viele dieser Möglichkeiten unterdrückt? Spüren Sie, dass es da noch so viel mehr gibt, was nicht zur Entfaltung kommt? Dass das Zusammenleben in einer Gesellschaft so viel reicher und lebendiger sein kann?

Das Wissen, die Beachtung der Werte, die von Geburt an in uns sind, und die Freiheit des Denkens können dazu führen, dass wir enttäuscht werden. Diese Enttäuschung ist vielleicht das Entscheidende. Wir können erkennen, dass wir getäuscht wurden. Dass die propagierte Freiheit gar keine Freiheit ist. Dass die Zerstörung der Natur, die Zerstörung unserer und der Lebensgrundlagen anderer Arten, in dieser Ordnung mit den bekannten Mitteln und Möglichkeiten, nicht aufzuhalten sind. Diese Enttäuschung kann ein Anfang sein.

Ein Anfang kann vielleicht auch dieser Text sein, selbst wenn er nichts mehr als kritisch zu hinterfragende Gedanken und sicher auch einige zu lösende Widersprüche enthält. Meine Hoffnung ist es, dass ich Sie nicht zu sehr gelangweilt habe und dass Sie etwas Neues für sich gefunden haben, das Sie mitnehmen können. Denn ohne das Neue besteht die Gefahr, dass das Alte wiederkommt. So soll der Text hier nicht enden, sondern weiterfließen in Ihren unterschiedlichen Antworten und Vorstellungen unter anderem auf die folgenden Gedanken und Fragen:

Was wäre, wenn wir die menschliche Fähigkeit, das eigene Leben von außen zu betrachten und sich vorzustellen, wie wir gern leben wollen, nutzten und unsere Vorstellungen dann verwirklichten?

Was wäre, wenn wir, statt auf Geräte zu starren und uns von der Flut an Nachrichten und Produkten verwirren zu lassen, uns Zeit nähmen, die Aufmerksamkeit schweifen, die Seele baumeln ließen?

Was wäre, wenn wir uns unserer Sterblichkeit bewusst würden, wenn wir bemerkten, dass der Tod zum Leben gehört, dass wir nichts mitnehmen können?

Was wäre, wenn wir ja sagten zum Leben, zum Sein und wenn wir dieses Sein nicht einschränken ließen, sondern herkömmliche Gewohnheiten durchbrächen und durch Aktivität und Bewegung die Lebendigkeit steigerten?

Was wäre, wenn wir bemerkten und akzeptierten, dass es Dinge gibt, die wir nicht vollständig verstehen, die wir nicht berechnen, kontrollieren, mit der Logik der Mathematik erklären oder vorhersagen können?

Was wäre, wenn wir uns fragten, ob wir unser Leben nach den materiellen Dingen ausrichten sollten, ob wir für das nächste Auto, den nächsten Urlaub, ein eigenes Haus, vermietete Wohnungen, den Privatjet arbeiten und leben und ob das wirklich, wirklich das Leben bereichert oder wir dabei etwas vergessen, ob etwas hinten herunterfällt, vielleicht sogar das Leben?

Was wäre, wenn wir aus einem inneren statt einem von außen kommenden Anreiz arbeiten würden und somit eine menschliche Wirtschaft entstünde?

Was wäre, wenn wir nicht nach Profit strebten, sondern nach Ästhetik und Schönheit?

Was wäre, wenn wir dem Zufall eine Chance gäben, ihn herausforderten, indem wir Räume und Optionen schafften?

Was wäre, wenn wir nicht etwas vermeintlich Moralisches schafften, stattdessen Altes nicht künstlich erhielten, sondern untergehen ließen und Neues, von selbst Entstandenes aufgriffen und unterstützten?

Was wäre, wenn wir uns als Teil der Natur begriffen, als mit ihr verwoben, wenn wir ihre Weisheit erkennen würden und nicht versuchten, sie zu manipulieren?

Wenn wir bemerkten, dass eine hoch entwickelte Technologie nicht bedeutet, dass auch die Menschlichkeit hoch entwickelt ist, dass materieller Fortschritt auch sozialer Rückschritt bedeuten kann?

Was wäre, wenn wir unseren Kindern, den jungen Menschen den größten Teil unserer Aufmerksamkeit schenkten, weil sie die Dynamik und die Zukunft machen?

Was wäre, wenn wir den eigenen Standpunkt fänden, statt einen fremden anzunehmen, wenn wir Dinge hinterfragten, nicht alles mitmachten, nicht alles mit uns machen ließen, rausgingen, statt drin zu sitzen, uns der eigenen Fähigkeiten und Werte bewusst würden, so lebten, wie wir wirklich sind, nichts verdrängten, sagten, was wir wirklich denken, keine Angst hätten, uns keine Angst machen ließen, etwas neues ausprobierten, selbst nachdächten, zufrieden wären, uns selbst zurücknähmen und nach außen blickten?

Was wäre, wenn wir die Chance nutzten, jetzt ein neues Zeitalter, eine neue Kultur zu beginnen, denn die alte geht zu Ende?

Impressum

1. Auflage © 2022 königsblau-Denkfabrik

Alle Rechte vorbehalten

Text: Tom Reimer

Satz und Gestaltung: Sara Bock

Lektorat und Korrektorat: Petra Koslowski und Lore Tändler

Herstellung und Verlag: BoD – Books on Demand, Norderstedt

königsblau-Denkfabrik, Rothspalk

Printed in Germany

ISBN: 978-3-7568-0919-6